魔幻偵探所

19

滴血山路

關景峰 著

新雅文化事業有限公司
www.sunya.com.hk

魔幻偵探所

人物介紹

南森

身分：魔幻偵探所創辦人、領頭羊

年齡：120歲

畢業學校：斯塔福德學院（伏魔系）

學位：博士

捉妖經驗：108年，獲得「捉妖能手」、「怪獸剋星」等稱號

性格：遇事鎮定、善於思考，生氣時聽到幾句好話氣就消了

最具殺傷力的武器：
顯形粉、綑妖繩、無影鋼鐵牆

海倫

身分：魔幻偵探所成員，南森的得力助手

年齡：13歲

畢業學校：劍橋大學（法術系）

學位：學士

捉妖經驗：1 年

性格：開朗、逢事觀察細緻，
吵架時總讓着本傑明

最具殺傷力的武器：綑妖繩、
凝固氣流彈

倫敦貝克街 1 號有一家 **魔幻偵探所**，
成員們精通魔法，法術高明，在一系列緊張
而又富於冒險性的偵探過程中，他們並肩作戰，
成功偵破了一宗又一宗錯綜複雜、
動人心魄的魔怪案件。

本傑明

身分：魔幻偵探所實習生
年齡：11 歲
就讀學校：牛津大學（捉妖系）
捉妖經驗： 3 個月
性格：聰明淘氣、遇事毛躁
最厲害的戰術：非常規戰術

保羅

身分：魔幻偵探所機械狗
年齡：100 歲
工作能力：無所不知的電腦資料庫，善於用百分比分析事物
性格：異想天開、調皮、懶惰
最喜歡的食物：潤滑油
最具殺傷力的武器：追妖導彈

特級裝備

綑妖繩

能夠對準魔怪迅速旋轉收縮，將它綑緊綁實，繩子一旦落到魔怪身上，就像嵌入肉裏，魔怪越掙脫綁得越緊，當然放繩子時可要放得準才行。

無影鋼鐵牆

這堵牆其實就是氣流，它把氣流變成了無影無形的鋼鐵牆壁，能將敵人困在其中，衝不出去。

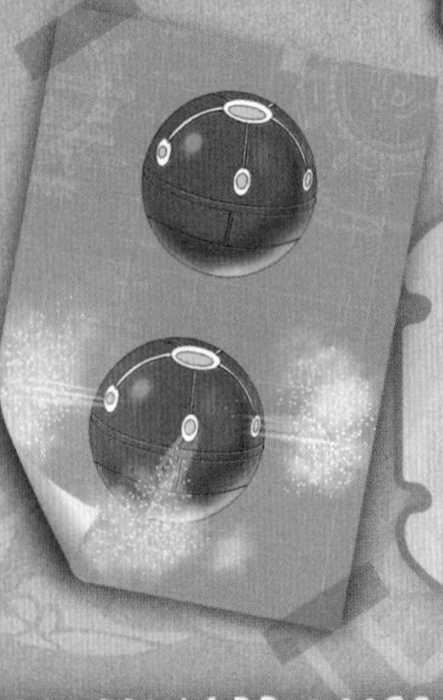

顯形粉

這是一種非常神奇的粉末，即使魔怪偽裝、隱形了也完全能顯現出它的原形。對了，「顯形」就是「現出原形」的意思！

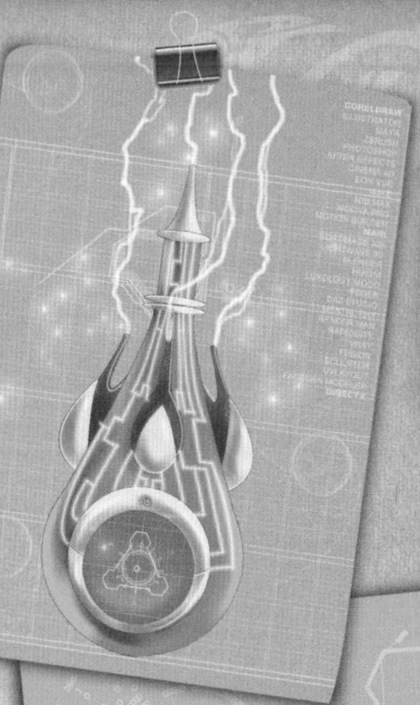

裝魔瓶

能把魔怪收進裏面，使其在三天內化成清水的神奇瓶子。即使魔怪身形再龐大，也能收進瓶內。

幽靈雷達

能夠準確測定氣流存在的方位，並及時發出警報的裝置。它能跟蹤、測定魔怪在哪裏。不過，如果魔怪的魔力非常強，幽靈雷達有時候也可能測不到，它的更強大的功能還有待你去改進！

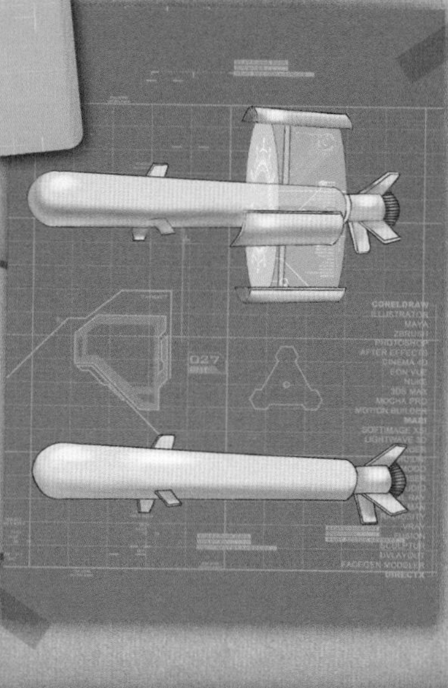

追妖導彈

能夠自動尋找魔怪，進行智能追蹤的導彈，這種導彈威力比較大，一般魔怪根本抵抗不了。

魔幻偵探開始行動！

目錄

第一章	鄉間健身	8
第二章	湯姆夫婦遇襲	19
第三章	魔怪不見了	30
第四章	地下追蹤	40
第五章	林中之戰	54
第六章	博士受傷	69
第七章	牛津大學來的魔法師	85
第八章	路遇	92
第九章	人魔大戰	107
第十章	魔怪無法合體	118
第十一章	威爾斯魔蠍	131
尾聲		140
推理時間		142

第一章　鄉間健身

「……現在我們先進行熱身運動，這非常必要。」一個胖胖的中年男子說着指指南森博士，「我說……海倫，馬上運動起來……」

「托尼先生，我叫南森，我是男的。」博士連忙糾正。

「隨便啦！」叫托尼的中年男子聳聳肩，他邊說邊活動手腳，「運動起來……」

「運動起來，運動起來……」博士連忙跟着做，他邊說邊看看身邊的海倫和本傑明，還眨了眨眼睛。

這裏是牛津郡西部的威特尼鎮，清早，一共有三十多個身形較胖的人在做着運動，博士、海倫和本傑明也在其中。

這是一次網友自發的為期兩天的鄉間徒步行走活動，目的就是幫助稍胖和肥胖人士減肥。博士之所以來是海倫為他報的名。除了外出辦案，博士幾乎所有時間都呆在實驗室裏，這些年越來越胖了，海倫和本傑明都極力推薦他參加這項活動。

托尼是這次活動的組織者，他可是個熱心的人，從活動地點和活動內容，再到人員召集，無不親力親為。按照他的說法，獨自減肥不如大家在一起減肥有效，只有一起運動才不會半途而廢，對此海倫、本傑明、保羅完全贊同，海倫買的跑步機只有剛買來的時候博士上去跑過幾次，現在完全成為了一件擺設。

「托尼，我們什麼時候出發？」做運動的人中，一個渾身滾圓、五十歲上下的男子問道，「跑上一大圈，我想我一定能減去兩磅的……」

「不要着急，愛麗絲。」托尼指了指那個人，「我們要在遊山玩水中運動，這不是單純的跑步比賽……」

「噢，我叫湯姆，愛麗絲是我老婆。」湯姆連忙高聲糾正，一邊說一邊指指身邊真正的愛麗絲，愛麗絲也很胖。

「對，我才是愛麗絲。」愛麗絲說着不滿地看看丈夫，「你不要那麼大聲喊，大家都知道我是愛麗絲了。」

「可是托尼弄不清，他總是叫錯名字……」湯姆連忙說。

「隨便叫什麼啦。」托尼依舊一副滿不在乎的樣子，他揮揮手臂打斷湯姆的話，「你叫我愛麗絲也無所謂。」

本傑明他們來到不久就發現，托尼總是叫錯人的名字，也許是因為短時間召集來幾十個人，來不及一一核對的原因吧。

威特尼鄉間的景色令人心醉，這裏是一處丘陵地帶，遠遠地看去，滿目青翠，空氣特別清新，大家都對托尼所選的這個地方很滿意。在這裏進行徒步行走，是真正的有氧運動。博士他們是一大早驅車七十公里趕來的，參加這次活動的人大都來自倫敦，也有從伯明罕、考文垂等周邊地區趕來的。

「好，我看現在都活動夠了。」托尼看看手錶，隨即指指身後，「過一會我們的徒步行走活動就開始了，從這裏沿着這條山間小路，向西三公里，看到一個路牌後走另外一條路回來，路牌上我已經做了標記……我知道大家平時都不怎麼運動，這條路雖說是山路，但最高也就一百米，放心，不會累壞你們。不過大家也不要太輕鬆，走上一公里，我保證你們的距離就拉開了，這次行走也是有獎勵的，對於第一名，獎勵是在倫敦我的酒店，由我親自給你做一頓低脂肪的大餐，最後一名……」

托尼説着，狡猾地看着大家，隨後笑了笑。

大家都看着托尼，等待着答案。

「最後一名，要頭上頂着一個蘋果，給大家唱一首歌，還要邊跳邊唱。」托尼眉飛色舞地説着，「唱完之前蘋果不能掉下來……」

托尼的話還沒説完，人們就開始熱烈地議論，這種懲罰，虧他想得出來。

「好了，我們要開始走了。」托尼説着把手高舉起來，「準備好了嗎？」

「好了——」大家一起喊道，聽上去興致都很高。

「出發——」托尼把手臂用力放下，他站在原地，指揮大家出發。

人羣中發出「轟」的一聲。説是走，但一開始所有的人都跑上了那條山路，大家都很興奮，不過剛剛跑出去一百多米，有幾個很胖的人就開始改跑為走了，就是前面的人，也紛紛放慢腳步。這次活動不是真正的比賽，明天他們還要走另外一條路線，類似的活動今後會定期舉行。

「老伙計，預測一下我這次的成績。」博士走在隊伍中間，他邊走邊問跟在身後的保羅。

「就這樣，不靠前不靠後。」保羅晃着尾巴說，「吃不上大餐，也不用唱歌，這才是最關鍵的，你一唱歌門口的貓都會走開……」

「哪有那麼差？」博士不滿意地說，「貓跑掉是因為你出去追牠們……」

「都有都有。」本傑明放慢腳步，「有的時候是因為保羅追人家，有的時候是因為牠們聽到了你的演唱，你做實驗結束後洗手時經常放聲高歌，只有我和海倫才能忍受。」

「本傑明，你也這樣說我！」博士假裝生氣地用手指點點本傑明。

「嗨，海倫，加油呀。」托尼說着走了上來，「你很有冠軍相呀……」

「叫我嗎？」博士皺着眉，托尼正盯着他。

「我才是海倫，」一邊的海倫連忙說，「他是南森博士。」

「噢，南森，多好聽的名字。」托尼的眉毛一挑，「加油啦……」

「托尼先生，」本傑明追趕着超過自己的托尼，「你的酒店在哪裏？」

「皮卡迪利大街，麗思酒店。」托尼很得意地說，「我是那裏的總廚……噢，你們是幹什麼的？登記表上好像是……」

「我們是私家偵探。」本傑明連忙說。

「噢，是家庭教師。」托尼超過了本傑明他們，「很不錯，家庭教師……」

「是偵探。」本傑明連忙高聲糾正。

前面，托尼已經超過他們好幾米了，他經過一對夫妻模樣的人，大聲地打招呼。

「嗨，狄波拉，加油呀……」

「叫我嗎？」那個丈夫瞪大了眼睛，「我叫戴德拉，我老婆叫狄波拉。」

「哇，很接近了。」托尼聳聳肩，「真是好名字，幸福的一家人，嗯哼……」

說完，托尼大踏步地向前走去。戴德拉和狄波拉對視着，都無奈地搖搖頭。

「麗思酒店，那是一家大酒店呀。」本傑明一邊走一邊說，「他是那裏的總廚，不得了……」

「確實不得了！」叫湯姆的人跟了上來，他看看本傑明，「就是總叫錯人家的名字，還男女不分……」

「就是，居然叫我老公愛麗絲。」湯姆的妻子愛麗絲有些氣喘吁吁了，「有這麼難看的愛麗絲嗎？」

「我很難看嗎？」湯姆叫了起來，「我就是稍微胖了點，我是説稍微……」

「行了，湯姆，你超過正常體重三倍多了……」愛麗絲毫不客氣地打斷了丈夫的話。

「二點五倍，你連三和二點五都分不清嗎……」湯姆高聲強調。

博士他們互相看看，都笑了起來。此時，所有的人都開始走路了，而且大多數人走得很慢，開始真正的遊山玩水。鄉間的景色很美，這裏是丘陵地帶，山路高低起伏，但是坡度很緩，一點也不陡，路的兩邊全都是樹林，一條小溪和山路同方向延伸着。這條山路上幾乎沒有其他人行走，只是偶爾有汽車駛過。

三十多個人的距離開始逐漸拉開，隊伍頭尾相距有一公里遠，落在後面的人都無所謂的樣子，即使是頭頂蘋果唱歌也沒什麼，走在前面的人則好像一定要拿第一一樣，他們還稍有些競技體育的精神。

看到有幾個人下到路邊的小溪裏，本傑明也興沖沖地走到路邊，小溪的水清澈見底，看上去不到半米深，裏面有很多小魚游來游去。

「哈哈——」本傑明脱了鞋，還挽起褲管，「海倫——來抓魚——」

海倫和保羅也興高采烈地來到小溪邊，海倫脱鞋後走到溪水裏，水有些涼，不過她顧不得這些，和本傑明追逐着那些小魚，玩得很開心。

博士找了一塊大石頭坐下休息，他的右面是蜿蜒崎嶇、高低不平的山路，現在已經看不見任何參加行走的隊友了，他的身後倒是有一些，大都在溪水邊玩耍。

「這裏可真美。」保羅望着遠處的樹叢，「博士，你要多來這裏運動運動，看看你，才走了一千多米就累了，虧你還會魔法呢。」

「這和魔法沒什麼關係，魔法可不能用來幫我減輕體重。」博士一臉無辜地説，「自身的充沛體力也不能依靠魔法。」

「不管怎麼説，你就是要多鍛煉。」保羅説，「海倫在網上找的這個活動可真不錯……」

正説着，天空中有幾隻小鳥，像是受了驚嚇，突然從樹林中起飛，隨後快速飛遠了。

博士抬頭看看那幾隻小鳥，又看看在小溪裏玩耍的海倫和本傑明，站起來向他們招招手。

海倫和本傑明意猶未盡地上了岸，博士説休息完畢，大家重新再走。看着身後那些依舊在開心地玩耍的人們，博士知道今天他是不用表演頭頂蘋果唱歌了。

大家上了山路，繼續向前，走了幾百米，發現前後只有他們幾個人。

前面是一個上坡，這個坡度不陡，但是對於走了兩三公里的博士來説，向上走還是有些吃力的，海倫和本傑明倒是沒什麼感覺，他倆説笑着，快走到坡頂了。

「博士，你快點。」保羅走在他們中間，大聲喊着。

「不着急，不着急。」博士邊走邊説，「你們在前面等着我。」

「快點……」保羅又説，忽然，他似乎感覺到什麼，站在了原地。

「我來了，我來了。」博士以為保羅在等自己，快走幾步，趕了上來。

「不對呀。」保羅警覺地望着前面，鼻子用力地吸了幾下，「不好，有魔怪反應！還有新鮮血味……有魔怪在害人！」

「啊？」博士走到保羅的身邊，聽他這樣說，頓時愣住了。

「沒錯，就在前面！」保羅拔腿就跑。

第二章　湯姆夫婦遇襲

本傑明和海倫已經走到了坡頂，山路到達了這裏的坡頂後，基本呈一條直線延伸下去，前方道路的視野極好，只是沒有一個人。

保羅急匆匆地從他們兩個身邊跑過，海倫察覺出異樣，剛想發問，保羅飛身跑下坡頂。

「前面有魔怪害人——」

「魔怪害人？」聽到保羅的話，海倫和本傑明對視一下，他們就站在坡頂，下面的山路看得一清二楚，沒有任何東西。

這時，博士也匆匆跑過，他們連忙跟了過去。

保羅沿着下坡的山路跑了幾十米，一頭扎進山路左側的樹林裏，他邊跑邊喊「住手」，博士他們也沒有多問，一直跟着保羅，博士正要跨進樹林，發現山路的路邊有幾滴鮮血。

博士看見鮮血，心頭一驚，他剛衝進樹林，又聽到了保羅對着誰大喊「站住」。緊接着，追妖導彈發射的聲音

傳來，隨後「轟」的一聲巨響在林中炸開，博士知道保羅射出的導彈爆炸了。

「博士——這裏有人——」衝進樹林的本傑明大喊道，他的聲音顯得非常緊張。

「博士快來——」海倫也跟着喊道。

博士快步跑到本傑明和海倫呼喊的地方，他看到一男一女兩個人躺在地上，一動不動。

「是湯姆和愛麗絲！」海倫扶起愛麗絲，驚呼道。

「本傑明，你去支援保羅。」博士連忙吩咐道，「海倫，給他們喝急救水。」

說着，博士拿出了急救水，海倫也掏出了自己的急救水，他們給兩個人喝了下去，博士發現湯姆全身煞白，但是還有微弱的呼吸，海倫説愛麗絲還好，但失去了知覺，她太陽穴附近有個小傷口。

「這裏有出血點。」博士收起急救水瓶子，他發現湯姆的後背上有個不大的出血點。博士繼續檢查湯姆的情況，「湯姆失血過多，一定是魔怪剛才在吸湯姆的血，還好被保羅及時發現了。」

「怎麼會出來一個魔怪呢？」海倫扶着愛麗絲，短時間內發生這樣的事，讓她有點手足無措。

這時，保羅和本傑明走了回來，保羅看上去垂頭喪氣。

「我鎖定它了呀，爆炸位置距離它不會超過十米。」保羅一邊走一邊懊惱地説，「最輕也是重傷，可它怎麼就不見了呢？」

「老伙計，怎麼回事？」博士連忙問。

「我剛才突然檢測到魔怪反應，很強烈。」保羅無奈地看着博士，「還有人血的味道，很新鮮，我知道有魔怪正在害人，判斷出方向就去制止，大概距離魔怪反應還有二百多米的時候，那傢伙也發現了我，它就跑了，我追上

去射出一枚導彈，導彈爆炸了，但是什麼也沒有打到，可是我明明鎖定它了。」

「我們檢查過了。」本傑明説，「炸斷了幾棵樹，爆炸點沒有任何魔怪遺留的痕跡，它跑掉了。」

「什麼樣的魔怪？」博士又問。

「只收集到了模糊影像，具體的還分析不出來。」保羅搖搖頭，「收集時間太短，我始終也沒有看到魔怪的外貌，應該是個不算大的魔怪，好像不是直立行走的……」

「不是直立行走的？」博士疑惑地問。

「嗯，我探測到模糊的魔怪影像，這個魔怪不高，但是橫截面積較大。」保羅説，「我還要進一步分析。」

「我説本傑明，來的時候你好像還説過，這裏靠近你們牛津大學，有了你們牛津的捉妖系，這裏上千年都沒有魔怪了。」海倫看着本傑明，「可是……你看到了……」

「我怎麼知道？」本傑明握握拳頭，很憤怒，「一定是路過的，或者剛來這裏，什麼都不知道！」

「不知道大名鼎鼎的牛津大學捉妖系就在附近。」海倫聳聳肩，「也許吧，孤陋寡聞的魔怪。」

「劍橋附近就從沒有出現過魔怪嗎？」本傑明不服氣地瞪着海倫。

「我可沒有說過。」海倫連忙說，「我們劍橋的不說大話……」

「哎呦——哎呦——」眼看他們又吵起來，愛麗絲醒了過來，她慢慢地睜開了眼睛，但只是一條縫。

「愛麗絲，你怎麼樣了？」海倫顧不得吵架了，連忙問。

「我、我這是怎麼了？」愛麗絲一臉迷茫地看看海倫。

「剛才有誰襲擊你了吧？快說說是怎麼回事？」海倫急着問。

「我、我也不知道……」愛麗絲說着痛苦地閉上了眼睛，「痛呀……」

「愛麗絲意識模糊。」博士站起來，先指指愛麗絲，然後又指指湯姆，「他失血過多。他倆不會有生命危險，但要馬上送醫院。」

說着，博士拿出手機，打了緊急求助電話，隨後，他向海倫要來了托尼的電話號碼，博士覺得這個地區存在危險，想將大家集中在一起撤離。

「是托尼先生嗎？」博士撥通了托尼的電話，電話那邊托尼嘻嘻哈哈地和身邊的人說着話，「我是南森，現在有個緊急的……」

「南森？哪個南森？」托尼打斷了南森博士，問道。

「就是參加鄉間徒步行走的南森，倫敦的……」

「倫敦的南森？」托尼似乎疑問重重。

「海倫，我是海倫！」博士急了，他現在只想將大家儘快召集起來，「倫敦來的海倫！」

「噢，海倫，知道了，家庭教師。」托尼説道，「倫敦的家庭教師……有什麼事？」

「聽着，兩個參加徒步行走的人，就是湯姆和愛麗絲遭到了襲擊，目前暫時無生命危險，救護車和警車馬上就到。」博士也不管自己叫什麼了，「我認為有一個襲擊者就在我們這個區域，現在你馬上將大家召集起來，我們要撤離這裏！」

「有這種事？」托尼的語氣立即嚴肅起來，「你們在哪裏？湯姆和愛麗絲沒事吧……」

「他們沒事。」博士連忙説，「我們的位置在距離威特尼鎮將近三公里的路上，我們在樹林裏，我們會在路上安排人照應大家，你一定有所有參加者的名單和電話，你現在打電話，通知大家到這裏集合，記住，一定要結伴而行，人越多越好……」

博士安排完，看了看本傑明。

「本傑明，你去路邊攔住那些後面的人，要是托尼他們來了，讓他們馬上到樹林裏來。」

本傑明答應一聲，向路邊走去。

「海倫，你和保羅找個制高點警戒，發現魔怪立即展開攻擊！」博士又對保羅和海倫説。

海倫和保羅都點點頭，離開了。

博士蹲下身，看着昏迷中的湯姆和愛麗絲，兩人的呼吸較之前均勻，由於有了急救水的救助，沒什麼大礙。博士知道愛麗絲受到了驚嚇，似乎是暫時失憶，具體發生了什麼，只能等他倆恢復過來再去詢問。

一陣救護車的鳴笛聲由遠及近，不一會，一輛救護車就開到了樹林邊，本傑明指揮着救護員進到樹林裏，湯姆和愛麗絲被抬走了。緊接着，兩輛警車也呼嘯而來，博士向警察詳述了情況，同時表明了自己的身分，他特別告訴那些警察，這次襲擊是魔怪作案，幾個警察都知道博士，他們感到很震驚，因為這個地區多少年來從未有過魔怪出沒，按照操作流程，他們開始勘察現場，並拉起警戒線把山路上的血跡保護起來。

本傑明陸陸續續地截住了幾個後面趕來的人，他們知道發生了襲擊事件，都感到很震驚，幾名女士甚至渾身發抖，博士將他們安置在路邊，所有的鄉間徒步行走參加者都要在這裏集合。

越來越多的參加者來到了集合點，有幾個説是接到了托尼的電話趕來的，大家都很緊張，圍着博士問這問那。

「這、這是怎麼回事呀？」托尼的聲音傳來，他和五六個參加者走進了樹林，剛才他們幾個一直走在前列，本來已經轉彎向回走了。

「托尼先生，你通知到所有參加者吧？」博士向托尼招招手，「先清點一下人數，看看到齊了沒有。」

「好的，好的。」托尼擦着頭上的汗，他很緊張，他是這次活動的組織者，出了這樣的事，是他完全沒有想到的。

托尼開始清點人數，他很認真，沒有了剛才那種什麼都不在乎的樣子。

「三十二、三十三……」托尼一個個地數着，「啊，還有兩個，一共是三十五個人，誰沒來呀？喂——沒來的是哪個——」

「沒來的怎麼會回答？」博士苦笑着，「人數齊了，湯姆和愛麗絲被送到醫院去了。」

「噢，是這樣。」托尼緊張的心情稍稍平復了一下，人都到齊了，他稍為寬心了一點。

「大家注意——」博士看着焦急的人羣，「我是倫敦魔幻偵探所的偵探南森……」

「我知道你！」人羣中，那個叫戴德拉的人搶着說，他看看妻子狄波拉，「我說這人眼熟吧，《魔怪偵緝檔案》節目裏看到過，你還說只是長得像……」

又有幾個人跟着說見過南森博士，博士的名聲確實大。

「好的，既然大家認識我，也知道我的職業，我也就不用過多的解釋了。」博士揮着手說，「簡單說吧，我們的同伴湯姆和愛麗絲剛才遭到了襲擊，我們確定是魔怪襲擊，我想請問剛才你們有誰發現過什麼異常嗎？」

人羣爆發出一陣議論，大家都說沒有發現任何異常。

「那現在我就派助手護送你們回到鎮上，這次活動……」博士看看托尼，「我看就取消了吧。」

「嗯，好的。」托尼連忙點點頭。

「海倫，本傑明，你們護送大家回到鎮上，然後再回來。」博士對兩個小助手說道。

「我要留下來！」戴德拉突然舉起了手，「我要和你們一起抓魔怪，我一定能幫上忙的，我不怕死……」

「噢，戴德拉！」狄波拉驚奇地看着自己的丈夫，「為了上電視，你連命都不要了？」

「我可不是為了上電視！」戴德拉叫了起來，不過看到妻子的眼神，他聳聳肩，「好吧，也算是為了上電視，我最喜歡看《魔怪偵緝檔案》了，我就是想參加抓魔怪，不是誰都能碰上這樣的機會……」

「戴德拉先生，我不能留下你。」博士搖着頭，「這是不允許的，你沒有受過專業訓練，這項工作非常危險，很抱歉。」

「沒事的，我不怕死。」戴德拉有些激動，「你難道不缺幫手嗎？我很厲害，每期《魔怪偵緝檔案》都看，經常猜中魔怪作案手段……」

「走吧，不要給人家添麻煩了。」狄波拉拉着自己的丈夫，「我可不想你給魔怪吃了。」

「很抱歉，我們是有原則的。」博士看着戴德拉，雙手一攤。

此時人們紛紛走上山路，警方開車為這些人開路，海倫和本傑明則守在這羣人的兩側，戴德拉還想說些什麼，不過最終被妻子拉着，跟着大家離開了樹林。

第三章　魔怪不見了

看着大家向威特尼鎮方向安全撤離，博士稍微鬆了口氣。人們走後，博士帶着保羅來到剛才發現血跡的地方，那裏已經被警方拉了警戒線。

「收集血跡標本，」博士對保羅説，「應該是受害者的。」

保羅鑽進警戒線，他的後背伸出一個採集鉗，採集鉗的頭部有一根棉籤，棉籤沾了一些血跡，採集鉗隨即收回。保羅站在那裏，一動不動，他在進行初始化驗。

魔怪襲擊人的動機是什麼？它怎麼逃過保羅的導彈攻擊的？

「是人類的血跡。」保羅對博士説，「應該是……女性……我判斷是愛麗絲的，概率有90%，這是我最新統計的結果。」

「愛麗絲頭部有個傷口。」博士點點頭，「是魔怪攻擊造成的，血正好滴在這裏。」

「博士，我應該炸到魔怪了，可就是什麼都沒發現。」保羅一直對這件事耿耿於懷，「怎麼會這樣？」

「我們去看看爆炸地點。」博士説，「遠嗎？」

「不遠。」保羅説着向樹林裏走去。

來到剛才導彈爆炸的地方，他們看到了被炸斷的幾棵樹，地面上有一個不大的新坑，呈現着被衝擊的痕跡，顯然是剛才導彈爆炸造成的。他倆在這裏四處看看，沒有發現什麼。

「魔怪應該就在這個位置。」保羅指着新坑，「我完全鎖定它了，它最好的結果也是重傷，基本上跑不了，但它轉眼就不見了，好像根本沒被炸中一樣。」

「一時還難以判斷它是怎麼逃離的。」博士的語氣比較沉重，「我們掌握的線索太少了，連它是什麼樣的魔怪也無法確定，接下來只能先去醫院，了解一下受害者看到了什麼。」

「博士——博士——」，海倫和本傑明的聲音從林中傳來。

「我們在這裏——」保羅大喊道。

海倫和本傑明在一棵樹後探出頭，博士看到他們，連忙招招手。

「這麼快就回來了？」博士問。

「警車送我們回來的，他們現在就停在路邊。」本傑明說，「那些人全都到了鎮上，警察叫他們都回家去。」

「好，回去就好。」博士說，「這個區域我看要控制起來，這事我會和警方說，按照程序，他們現在應該已經有所行動了。」

「你們找到什麼線索了嗎？」海倫有些着急地問。

「沒有。」博士搖搖頭，「我們一起再搜索一遍，沒有什麼發現就去醫院，看看傷者有什麼發現。」

魔幻偵探所的偵探開始對這個區域進行搜索，在儀器設備方面，他們只能依靠保羅；本傑明和海倫的幽靈雷達都沒有帶來。

找尋了一會，他們一無所獲，只能搭乘警車前往威特尼鎮醫院，希望能從遇襲者那裏得到些線索。去醫院的路上，一個警官告訴他們這個區域已經被監控起來了。

來到醫院，醫生告訴他們，湯姆已經輸了血，各項體徵在恢復中，神智也基本正常了，愛麗絲康復很快，神智完全正常。博士對醫生説想進行問話，醫生表示完全沒有問題。

湯姆夫婦住在同一間病房裏，博士進去的時候，他倆正相互説着話，看到博士進來，連忙起身，並表示感謝，他們知道剛才自己遭到了魔怪襲擊，是魔法偵探們救了自己。

「你們沒有什麼事，我很高興。」博士找了把椅子坐下，「説實在的，保羅説發現了魔怪，我又看到你們躺在那裏，當時確實很擔心……」

「放心。」湯姆笑了起來，他指指愛麗絲，「我和她最少還要吵上四十年呢，沒那麼容易死的。」

「噢，」愛麗絲揮揮手，「還不如讓魔怪把我吃了呢。」

海倫和本傑明都笑了，博士看着恢復得很好的湯姆，也笑了起來。

「湯姆先生，我非常想知道剛才到底發生了什麼。」博士收起笑容，認真地問。

「莫名其妙的事情。」湯姆沒説話，愛麗絲搶過話，

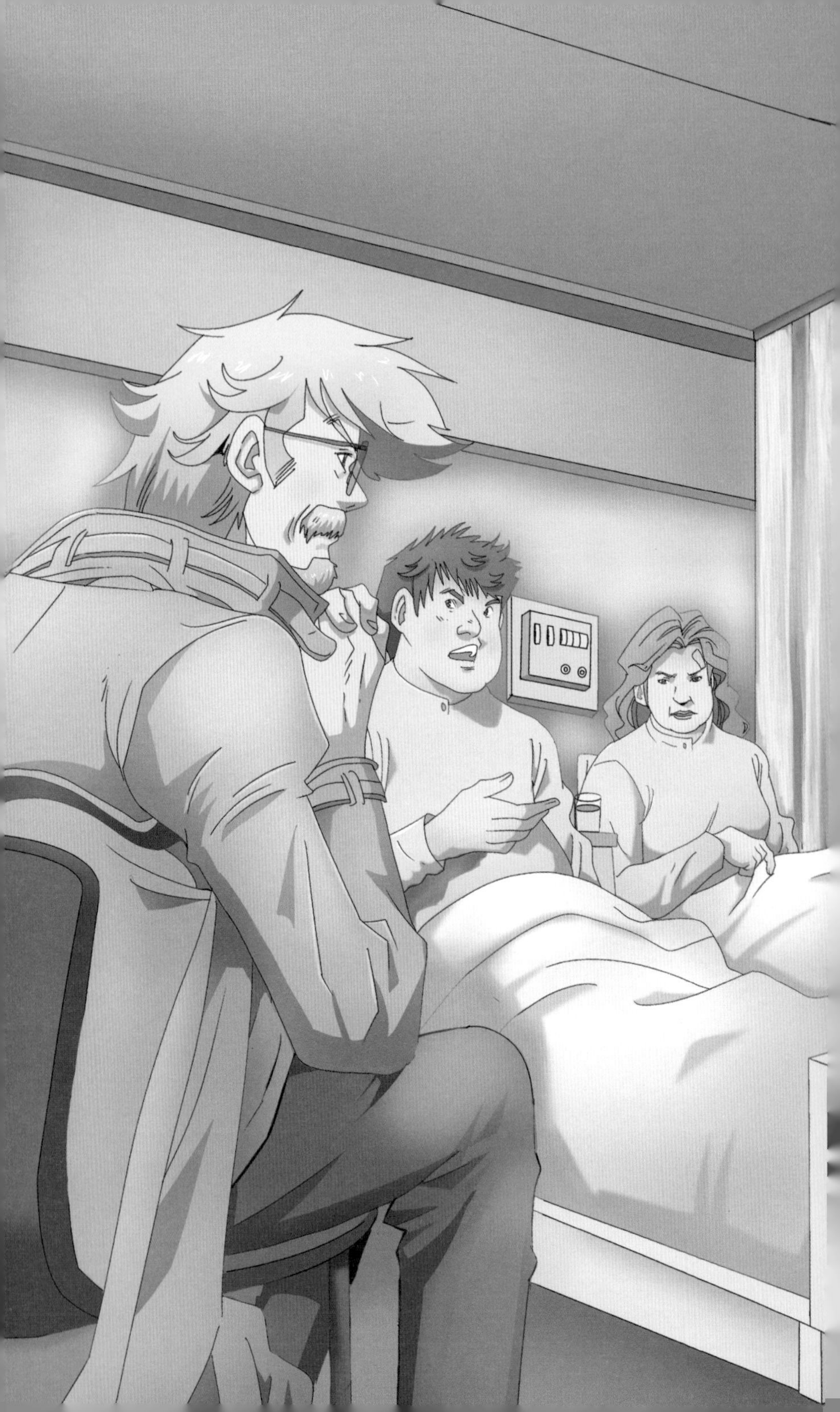

「我們當時邊走邊吵，我想休息一會兒，他説還要走，他總是這樣，我説東他就説西……」

「我知道我知道，」博士打斷了愛麗絲的抱怨，「我想問當時發生了什麼事。」

「沒什麼呀，我們往前走，後來我後腦被什麼敲了一下，就什麼都不知道了，我倆剛才還在説這事呢，都想不起來看到什麼了。」湯姆哭喪着臉説，他看看愛麗絲，「你再想想。」

「我……想不起來了……」愛麗絲想了想，「我真的什麼都沒感覺到，當時我正想和湯姆吵上幾句，剛把頭轉向湯姆那邊，就捱了一下，我就暈了，我什麼都沒看到。」

説着，愛麗絲指指自己頭上的傷口，那個傷口在太陽穴附近。

房間裏頓時沉默了，博士他們還想聽下去，湯姆夫婦都不説話了。

「就……這樣了？」保羅率先打破了沉默。

「嗯，就這些，我們實在是沒看到什麼。」愛麗絲説道，突然，她驚異地望着保羅，「什麼？小狗會説話……」

「真是神奇，一定是一隻魔法狗。」湯姆也好奇地盯着保羅。

「是隻機械狗，我想起來了，好像報紙上介紹過。」愛麗絲喊道。

「什麼機械狗？你總是異想天開，明明是隻普通的小狗，後來會了魔法……」湯姆對妻子大叫。

「就是機械狗！」愛麗絲激動地跳下牀，衝着保羅跑過去，「我證明給你看，我把他拆開！」

「不要！」保羅連忙向牀下鑽，「你們是這樣對待救命恩人的嗎？」

正在這時，門被推開了，只見托尼捧着一束鮮花站在門口，看到病房裏的景象，很好奇。

「嗨，湯姆，你在幹什麼？」托尼看着愛麗絲，問道。

「喂！」愛麗絲不滿地喊起來，「我不叫湯姆，我叫愛麗絲！」

「噢，對不起。」托尼連忙説，他看看博士，「啊，海倫，你們也在？」

「嗯哼。」博士已經習慣了。

「我來看看傷者。」托尼説着把花插進一個花瓶。

「謝謝你。」湯姆説，「你沒回家嗎？還來看我們。」

「我可是一個負責的人。」托尼連忙説，「怎麼説這次活動我都是發起者，參加者受了傷，我不能不管，現在情況怎麼了，抓到那個魔怪了嗎？」

博士他們都搖搖頭，托尼聳聳肩，隨後走到湯姆的病牀旁。

「我説……湯姆……」托尼同情地看着湯姆，「會抓到的……」

「噢，你叫我湯姆？！」湯姆很驚奇托尼第一次叫對自己的名字，他非常激動，「你叫我湯姆……」

「啊？」托尼一驚，他翻翻眼睛，「噢，對不起，愛麗絲，你是愛麗絲……」

「噢！」湯姆和愛麗絲同時搖搖頭，無奈地叫起來。

「如果你們沒什麼發現，那我們就先告辭了。」博士説着站了起來，「如果想起什麼，請給我們打電話。」

「別走呀，我還想問你們呢，襲擊我們的是什麼魔怪？」湯姆咬牙切齒地叫道，「別讓我碰上它，否則看我不揪下它的腦袋！」

「我們正在調查之中，有了結果會通知你們的。」博士說。

「嗯，你們要快，我可是個急性子。」湯姆依舊氣呼呼的，「差點喝光我的血，等我好了一定去樹林裏把它轟下……」

「夠了，海倫他們一定很忙的，不要煩着。」愛麗絲指着博士，對丈夫說，忽然，她發現自己也說錯名字，很是不好意思，「噢，是南森，南森先生一定很忙的……」

說着，愛麗絲瞪着托尼，托尼總把博士叫成海倫，弄得她都叫錯了。

「你們要走呀，」托尼沒理睬愛麗絲，看到博士要走，他站了起來，「嗯……我想……啊，沒什麼……」

「你有什麼事嗎？」博士問。

「沒什麼，沒什麼。」托尼連忙說。

「那我們走了。」博士看看湯姆夫婦，「你們好好養傷。」

博士他們走了出去，托尼看着他們的背影，又看看湯姆夫婦。

「大名鼎鼎的魔幻偵探所偵探，我還以為他們是家庭教師呢。」托尼指着外面，「知道嗎，我從小就夢想當一名福爾摩斯那樣的大偵探，現在卻當了一個大廚，我其實是會燒菜的福爾摩斯……」

博士他們離開了醫院，臨走前要走了湯姆和愛麗絲的血型報告。本來他們是抱着一些希望的，希望清醒後的兩個傷者能提供些什麼，但是依然是一無所獲。博士決定先找個旅館住下。

他們很快就找到一家旅館，剛住下不久，警方來電，告訴他們這件魔怪案件完全由博士他們負責，警方提供全方位幫助。博士叫警方馬上派一輛車，送海倫回七十公里外的倫敦，把幽靈雷達和保羅身上備用的追妖導彈拿來。

第四章　地下追蹤

海倫去拿東西，博士這邊也沒有閑着，他們首先將山路上採集到的血樣和傷者的血型報告作分析比較，發現山路上的血跡就是愛麗絲的。接下來，博士叫保羅全面分析收集到的魔怪影像，如果獲得魔怪的較清晰外形資料，對判斷它的種類就有直接幫助。

保羅安靜地站在房間的一角，他一句話不說，好像雕塑一般。保羅在發現魔怪時，如果是遠距離探測，身體裏的記錄儀會自動記錄聲納、聲波等探測信號的回饋資訊。如果近距離直視，會自動進行錄音錄影。這次發現的魔怪是遠距離探測，沒有直觀的錄影資訊，聲納等資訊收集也極為有限，這都是因為接觸時間太短造成的。

博士和本傑明安靜地在一邊等待，由於資訊收集不多，保羅的資訊處理要反覆進行，直到獲得最能反映情況的報告。

本傑明一直看着窗外，從這裏看出去，能隱約看到遠處高低起伏的小山，那個魔怪應該就隱身其中，他認定魔怪是路過的，因為多少年來，牛津大學捉妖系的成員早就捉光了附近的魔怪，他們上實習課都要去很遠的地方。

保羅的資訊處理進行了很長時間。和本傑明一樣，南森博士也在仔細地思考着什麼，今天遇到的魔怪襲擊事件是突發性的，還好保羅的反應較快。博士的腦子裏梳理着整個事件，希望保羅能夠給出一個有效的線索。

一陣列印的聲音傳來，本傑明頓時興奮起來，只見保羅的後背蓋子打開，一張資訊記錄紙慢慢地被列印出來。

「博士，有結果了。」保羅看看博士和本傑明，「是魔怪的側面圖，好像……是個蛋……」

「嗯？」博士一愣。

本傑明走上去，從保羅身體上撕下列印出來的資訊紙，紙上有一個很模糊的影像記錄，還有各種魔怪反應資料。展現在紙上的影像，外形輪廓呈現出一種不規則的橢圓形，底部較平，上方有個弧度，整體外形呈現出一個蛋形。

「這是什麼怪物？」博士接過本傑明遞來的資訊紙，

邊看邊唸，「高一米，長一米六，魔怪反應數值是強陽性，魔力等級是九級……」

「這是整理出來的最清晰的影像報告了。」保羅強調說。

「噢，我知道，謝謝你，老伙計。」博士微微笑笑。

「這肯定不是人形魔怪。」本傑明說着看看博士，又看看保羅。

「那當然。」保羅說，「而且也不是什麼大型魔怪，魔法程度倒是不低，難怪炸不死。」

「根據一些經驗……我判斷……」博士緩緩地說，「這是個爬行生物。」

「爬行生物？」本傑明和保羅都很吃驚。

「確切地說，魔怪曾經是個爬行生物，變成魔怪後依然保持着原來的外形，這很正常。」博士解釋道，「變成魔怪後變換以前外形的動物也有，但是變化不會很大，也很少見。」

「那你根據什麼說這是爬行生物呢？」本傑明急着問，「是隻烏龜嗎？」

正說着，海倫推門走了進來，她提着一個袋子，裏面是從偵探所拿來的武器和協助破案工具。

「哈，這麼快？」保羅問。

「一點也沒堵車。」海倫說。

「海倫，博士發現魔怪了，是隻烏龜！」本傑明忙不迭地對海倫說。

「噢，本傑明，」博士苦笑起來，「我可沒說是烏龜……」

「怎麼回事？」海倫激動起來，「這麼快就有發現了？」

博士將那張資訊紙遞給海倫，告訴了她自己的推斷。

「但是博士，你怎麼能判斷出這是爬行生物呢？」海倫和本傑明的問題一樣。

「看這裏，」博士指着資訊紙上的影像，「高只有一米，長一米六，符合爬行生物的基本特徵，看它的底部，基本上是平的，你們可以想想，爬行生物的腹部，都是和地面平行的。當然，這只是從外形判斷，以前我見到過類似的影像，那次是個蜥蜴怪，圖像也很模糊。」

「全憑你的經驗判斷嗎？」海倫問，「你好像說過不能全憑經驗……」

「沒錯！」博士笑着看看她，「偵破不能全靠經驗，判斷它是爬行類生物，我還找到了間接的證據。」

「什麼證據？」海倫和本傑明連忙問。

「老伙計，你說發射追妖導彈的時候完全鎖定了魔怪？」博士望着保羅。

「完全鎖定它了，它不會超過爆炸中心十米的，我估計最多五六米。」保羅說，「它當時躲在樹後也沒用，距離那麼近，樹都被炸斷了，斷枝都能給它帶來很大傷害，可現場一點受傷痕跡都沒有。」

「躲在樹後是沒用的。」博士說，「那它當時有沒有採取什麼反導彈措施？」

「沒有，它當時慌忙逃跑，不會知道我帶着導彈並發射了。」保羅說，「我的系統未發現它採取任何反導彈措施。」

「這就是問題的關鍵。」博士用力點點頭，「距離不超過爆炸點十米，也沒有採取反導彈措施，最後莫名地消失了，它的魔力有九級，最高魔力等級是十二級，它算是比較高的，但還沒有高到被追妖導彈直接轟擊仍毫髮無損的地步。」

本傑明、海倫和保羅都沒有說話，大家渴望想知道最終的答案。

「其實結果很簡單，」博士的語氣加重了，「當時它地遁了，也就是說正好鑽入地下，而且最少距離地面三米以上，厚厚的泥土阻隔了彈片，也遮住了保羅的搜索信號，最後給它沒有任何損傷地跑了！注意，地遁是它當時唯一能規避爆炸危險的措施，至於採用這種措施，我想是它無意的，它的本意是逃跑，結果躲過了導彈攻擊。」

「這好像還能反證它是一個爬行生物？」海倫想了

想，說道。

「沒錯！」博士的目光充滿了讚許，「地遁是爬行生物變成魔怪後最為常用的一種逃跑方式，即便沒有危險存在，它們也經常使用這個方式進行行走，很多爬行生物天性喜歡鑽地，這對它們來說能很好地防備天敵的攻擊。」

「有道理有道理。」本傑明連連說，

「現在我們可以來梳理整個的案發過程。」博士鄭重地說，「今天上午，兩名受害者路過距離威特尼鎮不到三公里的山路的時候，魔怪竄出來襲擊受害者，當時路上只有受害者，魔怪應該是看準時機才下手的，托尼他們七八個人在一起，魔怪看人多，沒有貿然行事。它襲擊受害者的動作極為迅速，兩名受害者瞬間被擊倒，都沒有看清魔怪的樣子。魔怪將兩個受害者拖進樹林吸血，當它吸掉男性受害者湯姆一半的血的時候，保羅感應到它的存在，撲過去還高喊『住手』，這驚動了魔怪，它開始逃跑，剛開始是在地面逃跑，隨後採用爬行生物拿手的地遁方式，正在這時保羅的導彈飛過去並爆炸，但它在地下，躲過了攻擊，地遁逃走。」

「一定就是這樣的。」本傑明說着看看大家。

「要真是這樣……」海倫兩眼突然一亮，「那就好辦了……」

「怎麼了？」本傑明拉着海倫，「快説，怎麼好辦了？」

博士笑瞇瞇地看着海倫，本傑明和保羅則都是一副焦急的樣子。

「書上説魔怪地遁時身體會和泥土發生摩擦，也就能留下一些極輕微的魔怪痕跡，這是和魔怪在地面行走完全不一樣的。」海倫眨眨大眼睛，「我們只要去爆炸點，在下面的泥土中就能搜索到魔怪痕跡。」

「書上這麼説的？」本傑明很激動，「啊，好像是這麼説過。」

「海倫説得沒錯。」博士説着拿起海倫帶來的幽靈雷達，「我們現在就去樹林那邊，地遁下去，我的推斷就能得到驗證了。」

「那我們快走，」本傑明急着説，「這下它跑不了了。」

「等等！」保羅連忙説，「給我裝上導彈，我要滿載導彈，這回一定能追到它的老巢去！」

海倫連忙給保羅裝配上一枚新的導彈，大家出了旅館，上了博士的車，此時已經快到下午了。他們驅車前往樹林，剛出威特尼鎮，只見兩輛警車守在出入山路的路口——這裏已經被警方監控起來。博士向警察說明情況，一名警察向鎮警察局核實了情況，放行了他們。

博士駕車很快就來到那片樹林，他們停下車，進入到樹林中。保羅衝在第一個，它很快就找到了爆炸點，那裏依然是一片狼藉。

「我還是探測不到魔怪反應。」保羅到了那裏，就把

頭扎向地面，隨後射出探測信號。

「距離地面應該較深，而且這種地遁摩擦產生的痕跡都比較輕微。」博士看看大家，然後指指地面，「只有地遁下去才能有所發現。」

小助手們都點點頭，博士看了看地面。

「擋不住我的形，入地三米。」博士唸了一句魔法口訣。

話音一落，博士的身體直直地鑽入了地下，轉眼間就不見了。

「擋不住我的形，入地三米。」海倫和保羅跟着唸道，轉眼間，他倆也鑽入地下。

「擋不住我的形，入地三十米。」本傑明有些激動地唸道。

轉眼間，本傑明來到了地下三十米處，這裏一片漆黑。

「博士——海倫——保羅——」本傑明覺得身邊一點動靜都沒有，覺得很奇怪，「地遁眼開。」

唸了地遁眼口訣，能在地下看到一切事物，就和在地面一樣，但本傑明誰都沒有看到，只發現幾塊大石頭。

「喂——我到了，你們在哪裏——」

沒有人回答他，本傑明有些着急了，忽然，他想到了什麼。

「我好像唸的是……」本傑明捂着嘴巴，眼睛翻翻，知道自己失誤了，「地遁眼收，回到地面。」

「唰」的一聲，本傑明回到了地面，他看看腳底。

「擋不住我的形，入地三米。」本傑明唸道。

轉眼間，本傑明下到了地下三米，他剛剛站定，就聽到抱怨聲。

「你幹什麼去了？」海倫的聲音傳來，「我們都等着你呢。」

「地遁眼開。」本傑明看到了大家，連忙不好意思地笑笑，「緊張得很，唸錯了距離，唸成三十米了……」

「還好不是三萬米。」海倫沒好氣地説，「你想做什麼？地心遊記呀？」

「好了！」博士打斷他倆，「我已經探測到魔怪痕跡了。」

「找到了？」海倫和本傑明叫起來。

「我也找到了。」保羅在一邊得意地説。

博士把幽靈雷達拿給兩人看，只見雷達上反應魔怪痕跡的柱狀線微微地跳動着，海倫和本傑明相互看看，都非常興奮。

「當時它鑽進地下不到四米的地方。」保羅在一邊説，一邊指着下面，「然後向西逃走，將近四米的地下距離，完全遮住了我的探測系統。現在我都檢測出來了，只要在這個距離一直向西，就能找到它。」

「老伙計，你帶路，我們跟着你。」博士説。

「好的！」保羅點點頭，「擋不住我的形，入地六十厘米。」

保羅唸了句口訣，又向下行進了六十厘米。海倫看看本傑明，意思是你不要再唸錯口訣，本傑明聳聳肩，準確地唸了句口訣，不見了。

海倫和博士也各唸口訣，他們在距離地面三米六的地方，正是當時魔怪入地的距離。博士手上拿着雷達，上面的魔怪反應比剛才強烈了一些。

「跟我來。」保羅揮揮手。

大家跟在保羅後面，向西行進，由於是地下行進，魔法師們需要消耗一定的法力，行進速度不算快。海倫和本傑明心裏都有些緊張，一旦找到魔怪，又會是一場大戰。

他們誰都沒有說話，只是緊緊地跟着保羅。保羅倒是邊走邊説話，它說一路上的魔怪痕跡都比較明顯，此時距離早上魔怪逃走只有幾個小時，魔怪痕跡沒那麼快消失。

保羅一路走着，還不時地告訴大家行進距離，他們一路向西，走了有兩三公里，忽然，保羅站住不動了。

「它從這裏鑽出去了。」保羅壓低了聲音，他指指頭頂，「魔怪反應轉向上面了。」

「好。」博士也壓低了聲音，他看看幾個小助手，「魔怪的老巢很可能就在上面，就算不在上面，它的老巢離這裏也不會很遠，我先探頭看看，沒有情況的話我們就一起上去。」

小助手們都點點頭，博士站定身子。

「緩緩上行。」博士唸了句口訣，他的身體像是乘老式升降機一樣慢慢上升，就在他的頭稍稍露出地面後，他連忙喊停。

博士的腦袋探出地面，他的頭上頂起了幾片樹葉。他向四下看看，發現這裏是一片樹林，到處都是高大的樹木，不遠處還有溪水聲傳來。這裏靜悄悄的，表面看上去沒什麼異常。

博士把頭縮進地下，他揮揮手，和幾個小助手一起來到地面上。

第五章　林中之戰

地面上，一縷陽光斜射進樹林裏，他們蹲在地上，還不敢移動。此時，保羅幾乎抑制不住激動的心情，他指指不遠處。

「前方不到五十米，魔怪就在那裏！」

「不要弄出聲音！」博士做了個鎮靜的手勢。

小助手們都用力點點頭，博士向魔怪方向望望，隨後揮揮手，向前慢慢移動，本傑明他們小心地跟在後面。

來到一棵樹下，博士停下來躲在樹後，這棵樹的旁邊，有一條小溪蜿蜒着穿行在林中。根據保羅提供的距離，他們此時離魔怪也就四十米遠。博士把頭慢慢探出去，向魔怪藏身方向觀察。

前方處於一個略微陡峭的山丘的山腳，那裏也都是樹，還有很多灌木，博士慢慢地站起來，他看到山腳下的一棵大樹後，隱約露出一個黑乎乎的洞，洞口距離地面不到半米，洞口的直徑也就半米多。

博士把幽靈雷達的探頭對準了那個洞口，反映魔怪存在的柱狀線是滿格，同時幽靈雷達也給出了準確的定位數值。博士收起雷達，躲到了樹後。

「就在前面的一個山洞裏，應該是它藏身的巢穴，看來上次它沒有從地下直接回到巢穴裏。」博士對助手們說，「保羅，你去確定一下，另外看看它到底是什麼樣的魔怪。」

保羅答應一聲，把身子探出了大樹，沒一會，他縮了回來。

「就在裏面！」保羅說，「我探測到了它的外形，比上次清楚多了，可是還不能完全確定，它的身子上豎着什麼東西，要進一步分析。」

「沒時間了，這個先不管它。」博士擺擺手。

「對了，我還探測出來，山洞深五米左右，只有一條出路，就是這個洞口，我可以向裏面發射一顆導彈。」保羅信心滿滿地說。

「不要。」博士搖搖頭，「萬一它正好在一塊巨石後面，就不能一擊斃命，如果它再逃走就難抓了。」

「抓活的！」海倫附和說，「這樣才能了解更多的情況。」

「嗯。」本傑明點點頭，「我們把它包圍起來，它跑不了的。」

「好吧！」保羅也點點頭，「那就留着它的命。」

「保羅跟着我，我們正面接近洞口。」博士開始了布置，「海倫從左方接近，本傑明從右邊接近，你們先行動，距離洞口十米左右找掩護先藏起來，找到位後一起向裏面發射震爆魔彈，先把它炸暈，注意，洞中情況不明，這傢伙魔力等級也高，所以不要貿然往裏面衝。」

「明白。」本傑明和海倫點着頭說。

「攻擊前我還要先唸口訣，把洞裏的地表變成鋼鐵層，防止它再次地遁逃跑。」博士又說。

「這我可沒想到。」本傑明連忙用讚許的口氣說。

看到兩個助手明白了自己的意思，博士又把頭探出大樹，看看前方沒什麼情況，他把手一揮。

兩個助手俯着身，一左一右小心地向山洞迂迴前進，他們行動的時候，博士警惕地盯着洞口，防止出現意外的情況。

很快，兩個小助手就各自行進了二十多米，距離那個山洞只有十幾米了。

博士一邊向洞口觀察，一邊開始行動，他從樹後走了出來，俯身正面迅速接近洞口。保羅緊緊跟在博士身邊，他探測到洞裏的魔怪一直處於靜止狀態，説明它沒有發現外面有異常。

海倫看到前面有一片灌木，距離洞口正好有十米遠，她跑到灌木下，先是蹲下身子，隨後抬頭向洞口張望。

「嘩鈴鈴……」，海倫的手觸碰到灌木叢，灌木叢中忽然發出一陣鈴聲。

「嘩鈴鈴……」，幾乎同時，本傑明也觸到一株灌木，灌木叢中立即發出一陣鈴聲。

突然而至的鈴聲驚呆了大家，海倫沿着聲音看去，在灌木叢中，有一個隱藏起來的小鈴鐺，她連忙去抓那鈴鐺，手卻先碰到一根極細的線，鈴鐺擺動得更厲害了，海倫看到一根連着鈴鐺的線架設在灌木中，只要觸碰到灌木，就能引起鈴鐺的響動。

就在這時，山洞中飛快地衝出來一個魔怪，它和衝過來的博士正面相遇，距離不到二十米。大家都看清了它的模樣，它的外表完全是一隻蠍子，只不過非常巨大，蠍子魔怪張牙舞爪，兩個巨型大鉗子顯得尤其令人生畏，高高翹起的尾部頂端的毒刺更是閃着冷光。博士發現它的頭基本上變化成半人半蠍的模樣，這是動物變成魔怪後的較常見的特徵。此時大家也都明白了，保羅一開始收集到的影像反映魔怪是個不規則的橢圓形，那正是它的側面影像，蠍子的身體和那高高舉起又彎曲下來的尾部側面形態正是這樣的。

博士停下了腳步，蠍子魔怪看着大家，大家也看着蠍子魔怪，空氣像是突然凝固了一般。蠍子魔怪忽然看到了博士腳邊的保羅，明白了什麼。

「早上亂喊亂叫的就是你吧？」蠍子魔怪盯着保羅，隨後，它瞪着博士，目露兇光，「這麼快就找來了，你們是魔法師！」

「蠍子魔怪，你跑不了的！」海倫指着魔怪大喝。

蠍子魔怪看看海倫，又看看本傑明，明白自己被包圍了。忽然，它轉身向沒有其他出路的山洞跑去。

「不好，它要跑——」本傑明急了。

「無影鋼板鋪地——」本傑明的話剛出口，博士這邊唸了一句魔法口訣，只見一股白色幔帳一般的氣霧急速衝進山洞，轉瞬間，山洞裏和洞口外的地帶出現了一層透明的膜狀物。

「啊——啊——」蠍子魔怪的叫聲傳來，它兩次唸口訣想遁地逃跑，但是都撞上了鋼鐵一般的物質，痛得它嚎叫起來。

蠍子魔怪無奈地衝出來，出來後它就直直地向洞外的地面撞去，一邊撞一邊唸遁地口訣，但這次它依然被重重地彈開，蠍子魔怪倒在地上，呲牙咧嘴地吼了兩聲。

「你跑不了了！」博士説着向前走去，海倫和本傑明也走過去，海倫已經摸出了綑妖繩了。

「魔法師！」蠍子魔怪兇惡地瞪着魔法偵探們，它的聲音很粗。忽然，它站立起來，兩個鉗子舞動着，帶着風聲砸向最靠近的本傑明。

本傑明明顯感覺到了蠍子魔怪鉗子舞動起來的分量，他先是向後退了一步，隨後伸手去撥，「啈——」的一聲，本傑明覺得自己的胳膊差點斷了，他咧着嘴大步後退。

「綑妖繩——」海倫唸了一句口訣，拋出了綑妖繩。

綑妖繩快速地飛向魔怪，眨眼就在魔怪身上繞了三圈，隨即，綑妖繩開始收緊，不過綑妖繩沒有束縛住蠍子魔怪的鉗子，蠍子魔怪冷笑一聲，伸出一個鉗子，輕鬆地將綑妖繩剪為兩段。

「啊？」海倫大吃一驚，呆住了，她沒想到蠍子魔怪這樣兇悍。

「嗖」的一聲，看到本傑明和海倫初戰不利，保羅射出了一枚追妖導彈，導彈直直地向蠍子魔怪飛去，那傢伙發現導彈來襲，慌忙趴在地上，全身縮成一個球狀，同時唸出一句口訣。

「護體保命罩——」

一個藍色的透明光球隨着口訣聲立即將蠍子魔怪籠罩起來，這個保護罩剛包裹住魔怪，追妖導彈「轟」的一聲就爆炸了，爆炸產生的氣浪將保護罩推開幾米，飛濺的彈片將保護罩完全撕開，但是撕開保護罩的大小彈片全無殺傷力，紛紛落在地上，蠍子魔怪很得意地從保護罩裏鑽了出來。

保羅的眼睛瞪得又大又圓，這樣的防護手段可不多見，他正想着是否再射出一枚導彈，博士飛身衝了上去。

「最厲害的來了！」蠍子魔怪不屑地説，它立起身子，揮舞着鉗子劈頭蓋臉地砸向博士。

「千噸鐵臂——」博士唸了句口訣，他的雙臂霎時變長，舞動起來也帶着風聲，迎戰魔怪。

對戰雙方越靠越近，「噹」的一聲，林中出現一個類似金屬撞擊的巨響，這是博士的手臂和魔怪的鉗子撞在一起，巨響的同時撞擊處擦出四射的火光，撞擊產生的推力將他們各自向後推了兩米，博士和魔怪同時站定，互相對視一下，隨即再次撲向對手。

海倫和本傑明看到博士和魔怪打在一起，急着想上前幫忙，但是一時插不上去，保羅則在一邊大聲給博士助威。

博士感覺到了面前這個魔怪的法力高超，魔怪的大鉗子極為兇惡地連續砍向自己，招招致命，他抵擋着，同時找機會用鐵臂橫掃魔怪，不過魔怪的防禦也很到位，它幾次化解了博士的攻擊。他倆的手臂撞擊聲響徹樹林，無論是博士還是魔怪，雙臂一旦掃到山石或樹木，山石粉碎飛濺，樹木攔腰折斷。

博士揮動雙臂，砸向魔怪，魔怪一閃身，博士撲空，由於用力過大，魔怪閃身後沒有及時站穩身體，博士看準時機，一腳踢在魔怪身上，魔怪頓時趴在地上。博士連忙用雙臂按在魔怪後背上，海倫和本傑明看準機會，衝上來攻擊魔怪，這時，魔怪高高豎起的尾部毒刺一擺，斜着刺向博士。

「博士小心——」海倫和本傑明連忙高喊。

博士急忙閃身，那根毒刺從他的肩膀上橫掃過去，刺破了他的衣服，他連忙後退兩步。博士知道，被這根毒刺刺中的後果極為危險。

「嗨——」，趁着魔怪還未起身，海倫飛起來三四米，居高臨下踢向魔怪的腦袋，魔怪冷不防被踢中，慘叫一聲，又倒在地上。

「去——」本傑明飛身上前，一腳踢在魔怪的腹部，這傢伙又是一個翻身。

「呼——」的一聲，博士的雙臂高高舉起，呼嘯着砸向倒地的魔怪。蠍子魔怪雖然倒地，但沒有受致命傷，它感覺到了博士鐵臂來襲，就地一滾。

「咣——」的一聲，地面被砸出一個坑，碎石和泥塊飛濺起來好幾米。

「好厲害！」蠍子魔怪站了起來，它背靠着一塊巨石，無路可退。

博士和小助手們全部圍了上來，蠍子魔怪忽然俯身，頭部緊緊地貼着地面，同時，它的尾部高高豎起，毒刺的尖對準了博士。

「嗖——」的一聲，一股毒液從毒刺中射出，直奔博士而來。博士見狀連忙後退。

「飛盾。」

隨着博士唸出的口訣，一面飛盾從空中閃出，擋在博士身前，迎向那股毒液。

「嗞——」的聲音傳來，隨即是一股白煙，只見毒液命中了飛盾，命中位置旋即被溶化，毒液威力非常強大，飛盾在白煙中出現一個破洞。博士沒有了飛盾的保護，不敢貿然上前。

這時，本傑明和海倫看到蠍子魔怪噴射毒液，也各唸口訣，兩面飛盾出現防護着他們，本傑明和海倫隱蔽在飛盾後，各自射出一枚凝固氣流彈，蠍子魔怪看見氣流彈飛來，不慌不忙地一閃身，躲過了攻擊，隨即，它的毒刺轉向本傑明和海倫，射出兩股毒液。兩股毒液射在飛盾上，立即溶化了射中部位，看到飛盾被燒出大洞，兩人都呆在原地。

「哈哈哈哈……」蠍子魔怪驕傲地笑，它找到了對付對手的絕招，衝着他們就撲了過去。

博士他們連忙後退，本傑明轉身不及，摔倒在地。

「本傑明——小心——」海倫高喊道。

博士看到本傑明倒地，再度轉身向魔怪撲去。魔怪看見博士攻來，尾部對着他又射出一股毒液，博士連忙閃身躲避。

魔怪撲向了本傑明，它的前身低俯，尾部高高舉起，

毒刺對着本傑明就甩上去。本傑明聽到海倫的喊話，也感覺到毒刺來襲，他就地一滾，躲開了攻擊，但緊接着，毒刺又甩了過來，本傑明連忙躲閃，毒刺擦着本傑明的身體直直地扎進地裏。

「啊？」本傑明躺在地上，驚恐地望着那根毒刺，呆住了。

魔怪拔出毒刺，再次甩向本傑明。海倫看到毒刺惡狠狠地向仰面躺着、來不及躲避的本傑明扎去，驚叫起來，博士飛起來踢向魔怪，但是距離較遠。

「擋不住我的形，入地三百米！」本傑明急中生智，唸了句口訣。

「唰」的一下，本傑明不見了，與此同時，毒刺也扎在了地上，由於用力過猛，毒刺扎進泥土很深。

「嗨——」博士的飛腳踢來，正好踢在魔怪的尾部，魔怪的毒刺被這股力量給踢了出來，還帶出來很多泥土。

「本傑明？」海倫捂着嘴，疑惑地望着本傑明剛才躺着的地方，那裏現在什麼都沒有。

魔怪在地上翻了一個身，它把毒刺高高舉起，對準了博士，博士慌忙躲閃，一股毒液噴出，射在一棵樹的樹幹上，被射中的位置當即溶化，那棵樹也斷為兩截。

蠍子魔怪嚎叫着向博士衝過去，又連續射出兩股毒液，博士借助大樹和灌木叢躲閃着。蠍子魔怪現在完全可以地遁逃走，可是它明顯佔了上風，又是追博士又是追海倫，還追着保羅噴出一股毒液，保羅也向它發射了一枚導彈，但是這傢伙早有防備，看到保羅的發射架對準自己就立刻唸口訣，用保護罩防護自己，導彈爆炸後又開始追擊，保羅的導彈有限，使用效果也不佳，而蠍子魔怪的毒液明顯用之不完。

第六章　博士受傷

「什麼魔法師，不過如此——」蠍子魔怪繞着大樹追擊海倫，邊追邊得意地喊着。

博士在一株灌木後向魔怪發射出一枚凝固氣流彈，但被它矮身躲過，看到博士攻擊自己，它又吼叫着撲向博士，距離博士很遠就射出一股毒液，那毒液射在地上，地表立即冒出氣泡，還升騰起一股濃煙，蠍子魔怪的毒液極具破壞性。

追着追着，蠍子魔怪跑累了，它停下腳步，站在一棵樹邊，大口地喘着氣。不遠處，博士和海倫也累得氣喘吁吁，他們剛才進行了交戰，還被追得亂跑，雙方都感到很吃力。

「有本事別跑！」蠍子魔怪喘着粗氣，耀武揚威地說，「過了這麼多年，還是沒什麼長進，和以前的魔法師一樣，就知道跑，要麼就來一大幫，你們別跑呀，害得我差點又要換地方住……」

「你來追呀！」保羅躲在一棵樹後，「來呀，你來呀。」

「你——」蠍子魔怪氣呼呼地瞪着保羅，不過沒有出擊。

「來呀來呀。」保羅説着跳出來，搖頭擺尾。

「你——」蠍子魔怪尾巴一甩，一股毒液飛出來，保羅連忙躲避，毒液落在它剛才站的地方，又冒起一股白煙。

博士很着急，想着打破僵局的辦法，這個蠍子魔怪很難對付，攻擊和防守都有獨特的一套辦法。

正在這時，就在蠍子魔怪的身後，一個腦袋慢慢地露出地面，腦袋上的眼睛能看到地面的情況後，停止了上升，那是本傑明的頭，他剛才躲到地下三百米處，現在才慢慢升上來。

蠍子魔怪還在那裏叫罵着，還時不時射出毒液顯示自己的威力，本傑明知道雙方進入到對峙狀態中，他抬頭看看蠍子魔怪那異常囂張的毒刺，蠍子魔怪的尾部就在本傑明頭上擺動着，本傑明咬了咬牙齒。

「嗨——」本傑明從地下一躍而起，隨即死死地抱住蠍子魔怪的尾巴，「博士——海倫——攻擊他——」

蠍子魔怪冷不防被抱住尾巴，嚇了一跳，當它明白過

來，便極力地想掙脱本傑明，但無奈被抱得太緊，怎麼甩也甩不開，它射出一股毒液，但和抱着尾部的本傑明是反向的，根本就傷害不了本傑明。蠍子魔怪又用鉗子去抓本傑明，但兩個鉗子再怎麼努力也抓不到身後的本傑明，本傑明很聰明，他知道這樣抱着蠍子魔怪的尾部，毒液無法射中自己，大鉗子也無法探到它自己的身後。

博士和海倫看到本傑明抱着蠍子魔怪的尾巴，急忙衝過來，蠍子魔怪急了，它擺脱不了本傑明，對手又衝殺過來，它的鉗子掄起來攻擊正面衝來的博士，被博士一把撥開，博士一拳砸上去，正好砸在魔怪的頭上，魔怪慘叫一聲，這邊海倫也衝了上來，對着魔怪又踢又打，保羅鑽到魔怪的腹部，對着它就咬了一口。

「啊——啊——」蠍子魔怪慘叫聲連連，忽然，它用力一滾，翻到了一邊。

這個招數只是令它暫時躲過了攻擊，無論它怎麼反轉，本傑明就是不鬆手。海倫衝上來又展開攻擊，蠍子魔怪被本傑明束縛住後半身，行動受阻，兩個鉗子揮來打去，起不了什麼作用，博士也再次衝上來，對着魔怪猛擊。

「啊——啊——」魔怪大吼着，猛地，它前半身高高地立起，「斷尾保命——」

蠍子魔怪唸出的是一句咒語，它的話音剛落，只聽「哢」的一聲，它的尾巴突然和身體分離，滾落在一邊，一些液體從斷開的身體和尾巴裏射了出來。本傑明還抱着它的尾巴，不過他還不知道這條尾巴已經和身體分開了。

博士他們沒想到蠍子魔怪還有這一招，他們愣住了。斷開了尾巴的蠍子魔怪算是擺脱了束縛，它轉身後掄起兩個鉗子，向還抱着斷尾的本傑明刺去。

「本傑明——快跑——」博士高喊着，同時急速躍起，攔在本傑明前面。

海倫從後面衝上去，對着蠍子魔怪的後背就是一拳。

本傑明聽到博士的喊聲，猛地發現自己抱着的只是一條斷尾，他連忙就地一滾，躲到了一邊。

蠍子魔怪被博士攔住，它怪叫着用力一掄，將博士撥開，隨後將鉗子掄向身後，海倫連忙一閃。這時，蠍子魔怪跳到那條斷尾旁邊。

「合體——」

隨着蠍子魔怪的口訣聲，那條斷尾從地上彈起，飛快地歸位，重新和蠍子魔怪合為一體。本傑明還想再去抱着蠍子的尾巴，但看到那擺動着、隨時會射出毒液的毒刺，便猶豫了。

「哈哈哈哈哈……」蠍子魔怪大笑起來，不過看表情，它似乎也不是很輕鬆，蠍子魔怪又長長地喘了幾口氣，隨後，它看看四散在自己身邊的對手，高高抬起已經合體的尾巴。

「嗖——嗖——嗖——嗖——」蠍子魔怪的尾巴不再專門對準某一個對手，它開始呈環狀旋轉尾巴，尾尖的毒刺飛射出一股股的毒液，在空中四處飛濺。

「大家小心——」博士連忙喊道，邊説邊向後退去。

「嗖——」，一股毒液射到了博士的胳膊上，他當即慘叫一聲，手捂着胳膊，表情極為痛苦地向後大步退卻。

「無影鋼鐵牆——」海倫唸了句口訣，她將呼喚出來的鋼鐵牆擋在博士身前，本傑明和保羅也快速地躲到鋼鐵牆後面。

「嗞——嗞——」的聲音傳來，蠍子魔怪射出的毒液飛濺到了鋼鐵牆上，只見鋼鐵牆上頓時升起了幾股白煙，海倫知道冒白煙的地方已經被穿透，基本失去了防禦作用。

蠍子魔怪看上去也耗盡了很大的氣力，它大口地喘氣，沒有追趕過來，只是站在原地，又擺了幾下尾巴，停止了攻擊。

海倫遙控着無影鋼鐵牆，又後退了幾米，她回頭一看，博士已經拿出急救水，倒在自己的傷口上，然後還喝了兩口。

「博士，你怎麼了？」海倫急忙過去，本傑明接手遙控着被毒液射穿了幾個洞的無影鋼鐵牆。

「傷口沒什麼問題。」博士的衣袖都被毒液腐蝕掉了，他臉色蒼白，幾乎站立不住，「毒液進入了體內。」

「啊？」海倫急了。

「沒什麼，我喝了急救水。」博士靠在一棵樹上，「但是排毒要一段時間……」

蠍子魔怪此時也明顯失去了戰鬥力，它的尾巴慢慢地垂了下去，不過身子還是低俯着，一副隨時能噴射出致命毒液的樣子。它的眼睛兇狠地盯着退了十幾米的對手。

「魔法師，來呀！」蠍子魔怪語氣輕蔑，「打不過我，去叫幫手也行。」

「你——」本傑明對這樣的挑釁非常氣惱，他真想衝出去拼命。

「本傑明，不要激動，你看博士……」海倫小聲叫道。

本傑明連忙回頭，只見博士靠在樹上，呼吸微弱，很明顯他是強忍着才沒有倒下去，如果他倒下去，對方極有可能撲上來。

「我們先撤！」海倫說，「保羅，你來掩護，它要是追來就用導彈攻擊。」

「好的，你們先撤。」保羅的發射架一直打開着，裏面還有兩枚導彈。

本傑明收起鋼鐵牆，和海倫扶着博士向樹林外撤退。

「哈哈哈哈……跑了！」蠍子魔怪大笑起來，向前兩步，看到保羅的發射架對着自己，它擺擺尾巴，沒有追趕，「多叫一些幫手來——來幾個我殺幾個——」

海倫和本傑明攙扶着博士，匆匆撤離，他們也辨不清方向，過了一會，保羅趕了上來，他說魔怪沒有追擊，隨後用定位系統找到了大家所處的位置，保羅帶着大家穿過樹林，來到了公路邊。

走出樹林，他們才發現，這裏是一個山谷地帶，位於威特尼鎮西北六七公里處，距離襲擊湯姆和愛麗絲的地方有三公里。

博士走路很困難，大家讓他坐在路邊，海倫給他再喝一些急救水，保羅則警惕地看着身後的樹林。本傑明給警方打了電話，沒一會，一輛警車開來，接走了他們。

大家回到旅館，博士在沙發上休息了一會，臉色看上去好了一些，這顯然是急救水在起作用，他的體內有了蠍毒，還好不算多，急救水的其中一個功效就是能將這些蠍毒排出體外。

「博士，你什麼時候能好呀？」本傑明在回來的路上就問過這句話。

「別擔心，很快的。」博士靠在沙發上，語氣比較平緩，「我在第一時間喝了急救水，效果很好。我想明天就能基本恢復了。」

「本傑明，這種事不能催呀。」海倫在一邊埋怨起來，「博士受了傷，他當然也想很快好起來。」

「我不是催，我是着急。」本傑明一副焦急的樣子，「那傢伙太猖狂了，它挑戰我們呢。」

「確實猖狂。」保羅說，「不過手段真的很高，我的導彈攻擊它都能破解。」

「我打在它身上，就像是打在鋼鐵上一樣。」海倫接着說，「它的外殼好像是層鐵甲。」

「對付我的導彈它要加一層防護罩保護自己，」保羅說，「你們用凝固氣流彈攻擊它，它居然不慌不忙的，看來它還能分辨出氣流彈比我的導彈威力小呢，真是一個狠角色！」

「還很狡猾。」本傑明說，「灌木叢裏架設的鈴鐺一定是它幹的，鈴鐺上有細線，我看到了。它在居所旁設了警戒，而且還起了作用。」

「嗯，又厲害又狡猾。不過看樣子它倒是不會跑掉，還等着和我們再次決戰呢。」海倫想了想說，「聽它那口氣，好像我們魔法師一直是它的手下敗將一樣。」

「博士，我現在就去叫牛津大學的魔法師來抓那個魔怪。」本傑明急着說，「捉妖系全系的魔法教授都能來，一定能抓住那傢伙，學生也可以來幫忙……」

博士有氣無力地擺擺手。

「哇，博士，不是吧？」本傑明叫起來，「那個魔怪嘲笑我們叫幫手你也認真呀？那是個魔怪呀，抓住它才是最重要的……」

「不是不讓你叫，」博士看看本傑明，緩緩地說，「我也想叫他們來，讓他們守在周邊，防止魔怪逃跑，但是他們不能貿然去和魔怪交手，那傢伙很有手段，新的魔法師上去交手很可能吃大虧。我們則是有交戰經驗的，等我恢復好，再去抓它，我能找到它的破綻！」

「那就好。」本傑明興奮地說。

「那你就快點去牛津大學呀。」海倫在一邊催促道。

「我這就去。」本傑明站了起來。

正在這時，一個警官急匆匆地跑進房間，看見博士，他先擦擦頭上的汗。

「博士先生，就在半小時前，一輛汽車遭到蠍子魔怪的襲擊。」那個警官說，「地點是距離鎮西五公里的山路上……」

「有人受傷還是……」博士的眉頭緊皺，三個助手也都緊張起來。

「還好，司機很機靈，駕車逃走了。」那個警官說，「具體情況是一個鎮上的居民駕車回家途中，汽車駛過案發地點的時候，一隻特大的蠍子從路邊的樹林裏跳了出來，然後猛砸車窗，車窗被它砸壞了，但司機連忙將汽車加速，甩開魔怪逃到鎮警察局報警。」

「那個區域的道路不是都封閉了嗎？」博士有些生氣地說，「怎麼還有汽車開進去？」

「確實封閉了，進出的路口都有警方把守。」警官有些尷尬，「可是今天這個人說有急事，如果繞走鎮南的路會誤事，在路口守衛的同事看看還是白天，似乎沒什麼事，就放行了。啊，局長已經罵過他了……」

「千萬不能再放車輛或人員進入那個區域了。」博士連忙說。

「知道了，我們會嚴格執行的。」那個警官說。

「遇襲者看到的蠍子魔怪是什麼樣的？」博士又問。

「他說就是一隻被放大的蠍子，頭部像人又像蠍子，蠍子大概有一輛車那麼高。」

「案發地點指給我看。」博士看看海倫，海倫拿過來一張當地的地圖。

那名警官在地圖上指給了博士看，博士標注了一個記號，又叫保羅將剛才發現魔怪的地點指出來，發現兩地距離不到一公里。

「對了，我正想請你們幫忙。」博士收起地圖，指指本傑明，「請你現在開車，帶他去牛津大學，我們要請那裏的魔法師來幫忙。」

「沒問題！」那個警官拍拍本傑明，「我們走。」

本傑明他們走了。博士靠在沙發上，剛才幾乎都忘了自己的身體裏還受着蠍毒的侵害，他靠在沙發上，長出幾口氣。

「博士，你還好吧？」海倫關切地問。

「沒事，我沒事。」博士點點頭，他拿起了地圖，又看了看，「我想一定就是那隻蠍子魔怪所為，它的目的不是汽車，而是車裏的人類。」

「估計是斷體又合體，消耗了很大魔力，想吸血補充魔力。」海倫説，「書上説這種爬行生物變成的魔怪能夠使用斷體斷肢的方式保命，但要消耗很大魔力，而且斷體又合體風險很大。」

「沒錯。」博士點點頭，「我們受了損傷，它傷得也不輕，所以我們撤退它也沒有追趕。」

「我的導彈掩護大家撤退還是沒問題的。」保羅在一邊説。

「嗯，這也是一個原因，它還是怕導彈攻擊的。」博士説着看看手錶，似乎有些焦急，「本傑明很快就能回來吧？」

「嗯，這裏距離牛津大學不到二十公里。」海倫説，「博士，你不用擔心，警方一定封鎖好了案發區域，不會再有車輛或人員進入了。」

「我知道，」博士語氣沉重，「不過這傢伙急於補充魔力，要是走出區域外，那就麻煩了，我想魔法師趕快來，封鎖住那個區域，警察是對付不了魔怪的。」

「這點你放心。」海倫說，「那隻魔怪和我們大戰一場，也受了傷，消耗了魔力，它暫時是走不遠的，你看，它襲擊車輛的地點距離藏身地方不到一公里呢。」

「這……」博士想了想，「嗯，確實是這樣……不過還是希望本傑明他們快點來。」

「很快的，我再給他們打個電話。」海倫說着站起來，「你先休息一下，恢復身體才能抓住那個魔怪。」

第七章　牛津大學來的魔法師

博士在海倫的安排下，進房間休息去了。海倫給本傑明打了電話，本傑明説他們剛到牛津大學，很快就會回來。

海倫放下電話，和保羅研究起對付蠍子魔怪的辦法，這樣兇悍的魔怪確實少見，保羅説可以四枚導彈齊射，一枚先爆導彈炸毀魔怪的防護罩，另外三枚一起爆殺魔怪，海倫覺得魔怪萬一看出是導彈齊射，多加幾層防護罩這個辦法就失效了，保羅眨眨眼睛，又去想其他辦法了。

海倫拿着地圖，想着教科書上所寫的對付由爬行生物變化的魔怪的辦法，可是怎麼也想不起來，她馬上叫保羅查閱資料庫，保羅也沒找到什麼具體資料。

一個多小時候後，博士走出了自己的房間，出來就問本傑明回來了沒有，海倫叫他多休息一會，博士説自己休息得很好。

「南森——南森在哪裏？」海倫和博士正説着話，一把聲音傳來，接着，門被推開了，一個瘦瘦的老人走了進來，這人看上去和博士的年齡相仿。

「萊頓？是你？」博士叫出了來人的名字。

「聽說你遇到些小麻煩。」叫萊頓的人熱情地和博士擁抱。

「博士，萊頓教授說他認識你。」本傑明跟着走了進來，笑瞇瞇地說。他的身後還跟着四個魔法師。

「你記得我們以前合作過，」博士有些激動地說，「在威爾斯，對付那頭巨型怪獸……」

「怎麼會忘記呢！」萊頓用力拍拍博士，博士身體還未復原，身體抖了一下，萊頓臉色一驚，「啊，我忘了，你剛才受了傷。」

「教授，你總是這麼沒輕沒重。」本傑明連忙説，「我告訴過你博士受了傷。」

「噢，本傑明，可不能和教授這樣説話。」博士連忙説。

「沒關係。」本傑明笑了起來，「教授是我們的……兄弟，上課的時候他還和我們一起偷摘校園裏的蘋果呢……」

「嗯，沒錯！」萊頓頓時眉飛色舞地説，「那蘋果的味道真不錯……呵呵，本傑明現在可真是知道保護自己的老師呀，喂，我也是你的老師……」

「嘿嘿嘿……」本傑明不好意思地笑了，還吐吐舌頭。

大家都笑了起來。本傑明又向博士介紹了另外四位魔法師，他們都是牛津大學教魔法課程的教授。博士拿過地圖來，然後招呼大家坐下。

「今天我們和一隻蠍子魔怪交手……」博士開始詳細地講述剛才發生的事情，以及前因後果。

魔法師們都專心地聽着，博士特別告訴他們，那個魔怪手段非常高超，除非它要逃走，否則先不要驚動它。

「從它的語氣分析，我們能夠獲得一些資訊。」博士説出自己的想法，「它應該在很早的時候，也許有上千年，遭遇過魔法師，而且它還是獲勝者，所以語氣很狂妄。它襲擊兩個受害者被保羅發現後逃跑，在山洞那裏遭遇我們後也想地遁逃跑，這是一種本能，再厲害的魔怪遇到突發情況，都會先躲起來。現在它算是擊敗了我們，就更加狂妄了，所以它説『害得我差點又要換地方住』，要是它覺得我們足夠強大，就會換地方，不過很好，它並不覺得我們厲害，這樣一來它暫時不會走。海倫也分析過，魔怪消耗了大量魔力，一時也走不遠。」

「這就是説它被鎖定在巢穴那個區域內了！」本傑明説。

「嗯！」海倫接過話，她看看大家，「對了，它還説我們可以叫幫手呢，好像一點都不在乎。」

「這就是狂妄呀。」博士説道，「這也説明它確實戰勝過很多魔法師，自信心很足。我們可以利用這一點，其實狂妄可能是它失敗的前奏！」

大家都認真地點着頭，同意博士的看法。

「……這是它藏身的地方。」博士指着地圖，看看那幾個魔法師，「四面環山，它在北面這座小山山腳下的一個山洞裏……你們都帶了幽靈雷達了吧？」

「帶了！」魔法師們一起説。

「好，現在需要你們在四面山的山頂上駐守，開啟幽靈雷達，如果發現它要逃離這個區域，立即進行堵截並呼叫支援，如果發現它僅僅是在這個區域內活動，就不要驚動它。」博士説，「現在是晚上六點，你們只要駐守到明天早上，到時候我身體裏的蠍毒會完全排出，我會再次前往山林，這次一定能抓到它！」

「博士，你有辦法了？」本傑明興奮地問。

「嗯，謝謝你！」博士笑着看看本傑明。

「謝謝我？謝謝我什麼？」

「你的非常規戰術！」博士繼續笑着，他用手指指萊頓，「你還把萊頓請來了，萊頓，這次你和我們一起行動。」

「沒問題。」萊頓連忙説。

「我有十分的把握！」博士説着向窗外望去，遠處的山林鬱鬱葱葱，既平靜，又神秘。

一番布置後，魔法師們在海倫和本傑明的帶領下，前往魔怪藏身之地，按照博士的吩咐，他們儘量不跟魔怪接觸，魔法師們各自架好幽靈雷達，設立了警戒線，這次行動他們沒有遇到魔怪，也沒有探測到魔怪反應。四個魔法師駐守的山頂距離魔怪藏身地遠近不等，遠的有兩公里多，近的有一公里多。

海倫和本傑明下山回去的時候，天已經完全黑了。回到旅館，本傑明和海倫發現萊頓這個老小孩和保羅成了好朋友，他倆一起在玩遊戲，本傑明連忙問博士在哪裏，萊頓說博士在他們走了以後就去休息了，一直在睡。

「博士這次真是很放心呀。」本傑明看看海倫，「看來他確實有十足的把握。」

海倫用力地點點頭，她也堅信再次出擊一定能制服那隻蠍子魔怪。

也許是博士睡足了，也許是保羅和萊頓玩遊戲的喊聲吵醒了他，沒一會，博士出了房間，他的精神顯得更好了，走路也穩健許多。

大家都很高興，博士也說自己恢復得很好，他們給駐守在山上的魔法師們打了電話，那邊一切正常。

第八章　路遇

第二天一早，博士很早起來，他又喝了一些急救水，本傑明他們起來後，博士宣布自己完全排除了體內的蠍毒，恢復得和往日一樣了，大家都很高興。至於山頂那邊，一夜無事，蠍子魔怪還在監控區域內。

早上八點，博士帶領大家再次前去捉拿蠍子魔怪，他親自駕車，來到路口那裏，幾個把守的警察看見是博士他們，連忙放行，有兩個警官要駕車陪同前往，被博士拒絕了，他不想讓普通人進入到那個危險區域。魔怪應該是急於補充魔力，已經襲擊過路車輛了。

汽車開進山路，本傑明、海倫和保羅的情緒高漲，他們都急着找到那隻魔怪。一起參加行動的萊頓也很興奮，他說很久都沒有和魔怪實戰過了，很高興能得到這樣一個機會。

汽車剛剛開了幾百米，萊頓接到一個電話，是守衛在魔怪巢穴東側山頂的魔法師打來的，那個魔法師說剛才幽靈雷達有了些許動靜，反映有魔怪在山下移動，不過沒有向警戒線外移動的跡象。

博士拿過電話，問了問情況，隨後指示那個魔法師繼續監控，如果發現魔怪逃跑，馬上通知這邊。

「報告説它的移動速度不快，應該不是逃跑，而是出來活動了，我看應該是在找尋『獵物』，我們可能會和它在路上遇上。」博士説着停車並靠邊，他拿出地圖，看了看自己所處的位置，又看了看魔怪移動的位置，然後回頭看看大家，「我們下車，保羅的預警系統和幽靈雷達都有範圍限制，萬一它在探測範圍邊緣，車速太快有可能錯過。」

大家都下了車，山路上顯得非常安靜。道路兩旁的樹林非常茂密，根本看不透裏面，林中只是偶爾傳來幾聲鳥叫。

本傑明警惕地看着樹林，唯恐那隻魔怪突然跳出來。忽然，一股風吹來，本傑明眼前的幾棵樹不約而同地搖擺起來，他的神經頓時變得很緊張，拳頭緊握着。

「嗨，緊張什麼？」海倫走過來問。

「沒、沒有。」本傑明假裝笑笑，「我沒緊張。」

博士也下了車，他把萊頓拉過來。

「我們能在四五百米的範圍發現魔怪反應。」博士説，「一旦發現魔怪，按計劃行事。」

「放心吧！」萊頓點點頭。

「我們走！」博士揮揮手，然後指着前方的路，「先向前走兩公里，再進到樹林裏，這傢伙離開了巢穴，具體方位不明，但是離巢穴不會很遠。」

「只要它不離開這個區域，就能找到它。」保羅早就開啟了魔怪預警系統，他身上的追妖導彈出來前就裝備好四枚了。

博士和海倫走在最前面，本傑明和萊頓跟在後面，保羅則在他們的側面行走，海倫和本傑明都拿着幽靈雷達，邊走邊看雷達反應。

他們一路向北走着，這裏的道路被封閉起來，不可能有汽車開進來，這裏的風景依然是那樣美麗，但整個樹林寂靜得有些可怕。

幾個人誰都沒有説話，只是靜靜地向前，道路兩側的樹葉搖動着，像是在迎接這些人。

「停——」博士説着做出一個停步的手勢。

「啊？」保羅停下腳步，他有些發愣，「沒有魔怪反應呀，我一直監控着呢。」

「不是魔怪！」博士説着指指不遠處的幾棵樹，「是人。」

樹後，有個影子一閃，博士他們警覺地擺出了戰鬥姿勢。

「樹林裏的人，出來！」博士大喊道，「快點出來。」

現場的氣氛有些緊張，空氣似乎凝固了半分鐘，幾個人互相埋怨着走出樹林。海倫一看，算是放心了，這些人她都認識，為首的正是托尼，還有湯姆夫婦和戴德拉夫婦。湯姆和戴德拉各拿着一杆長槍，托尼手持棒球棍，愛麗絲和狄波拉拿着的是兩個小型滅火器。

「早上好，海倫！」托尼招招手，「今天的空氣不錯呀。」

「是不錯！」博士有些生氣地走上前，「你們在這裏幹什麼？」

「你發現我們了？」托尼嬉笑着，「海倫，你的視力真好……」

「五個大胖子躲在幾棵小樹後面，」博士聳聳肩，「想不發現都難。」

「噢！」湯姆抱怨起來，他看看托尼他們，「我説躲到樹林裏去吧，你們就是不聽。」

幾個人又開始相互埋怨，博士可沒什麼時間和他們在這裏糾纏。

「你們怎麼到這裏來了，這裏很危險知道嗎？」博士的語氣很嚴肅。

「實話告訴你，我們是來抓蠍子魔怪的！」托尼也不隱瞞了，「我從小就喜歡當偵探，就喜歡冒險，我就是想破案，抓到那個魔怪……」

「明白，明白，我完全明白。」博士説着依次指着他們，「你托尼喜歡當偵探；戴德拉夫婦，不用説了，喜歡看《魔怪偵緝檔案》，有了這個抓魔怪的機會，當然不能放過；至於湯姆夫婦，一定是想報仇，扭下魔怪的腦袋，對不對？」

幾個人連忙點頭，説博士完全説對了。

「問題是你們怎麼知道樹林裏的是蠍子魔怪呢？」博士追問道。

「昨天下午電視上報道了。」托尼眉飛色舞地説，「鎮上有個人開車遇到了蠍子魔怪，還用問嗎，一定就是那天襲擊湯姆的魔怪，因此我就把他們全都召集起來了。」

「電視報道了？」博士沒看電視，也根本沒想到媒體知道了蠍子魔怪的消息。

「當然，這是這個鎮子幾百年來最大的新聞，不對，是幾千年。」狄波拉搖晃着腦袋說，「那個開車的是我的表弟，我住在伯明罕，但是從小在威特尼長大，我其實是本地人。我表弟威風吧？魔怪都抓不住他，我們家族就是這樣，一直保持威風的傳統……」

「你們是怎麼進來的呢？」博士急着問，「路口有警察把守。」

「我說過了，」狄波拉有些得意地說，「我從小就在這裏長大，我們沒有走警察把守的小路，我可知道不少能進來的路……」

「明白明白，」博士連忙打斷狄波拉的話，「但你們是普通人，沒辦法對付魔怪，萬一遭遇到魔怪，你們都會有生命危險。」

「不怕！」戴德拉舉起了手中的槍，「這次我們有這個，有兩支槍，我一支湯姆一支，我們還有滅火器，放煙霧能掩護我們攻擊，也能掩護撤退……」

「我們是不會撤退的。我在空軍服過役，是上士軍銜！」湯姆也晃着手裏的槍，「看我不打爆它的腦袋！」

「槍支是不能制服魔怪的！」博士大聲地說，「戴德拉，你經常看《魔怪偵緝檔案》，應該知道這一點。」

「有時候能起到一點兒小作用！」戴德拉滿不在乎地説，他指指身邊的托尼等人，「我們不是一個人，我們是一個戰鬥組合……」

「對，我們是個戰鬥組合！我是隊長！」托尼晃晃手裏的棒球棍，他指指各持一個滅火器的狄波拉和愛麗絲，「我們的武器也是最佳組合，對付那個傢伙沒什麼問題！」

「我不和你們多説了。」博士用命令的語氣説，「你們這樣面臨着巨大的危險，現在你們有兩條路，一是沿着這條路回去，我們剛走過來，沒有任何危險，你們走兩公里會看見我的汽車，我把車鑰匙給你們，你們開車回去。如果不同意，我會打電話，讓警察把你們帶回去！」

博士説着，掏出了自己的車鑰匙，嚴肅地遞給了托尼。

托尼回頭看看「戰鬥組合」的成員，那些人都沒説話，托尼無奈地聳聳肩，伸手接過了鑰匙。

「馬上走！」博士強調説，「不要耽擱。」

「你們快走吧。」海倫上去推了托尼一把，「真的很危險，不知道有多少人用槍對付魔怪，結果都很慘……」

「知道了，博士。」托尼看着海倫，「我是説，你不用推呀……」

「博士？」海倫瞪大眼睛，忽然她明白過來，「只要你們走，叫我什麼都無所謂……」

魔法師們目送着托尼幾個人向南走去，博士望着他們的背影，搖搖頭。

「我們走吧。」博士説着向北走去，走了幾百米，他們進入了樹林。

托尼他們向南走了一百多米，他回過頭，看見博士他們向北走了，於是停下了腳步。從小就想當大偵探的托尼在醫院時就想和博士説自己想幫忙破案，可是想到戴德拉那天在樹林裏被拒絕，知道提出來也沒有用，到嘴邊的話又收了回去。昨天中午他看到電視新聞，説樹林裏有隻蠍子魔怪，於是立即打電話給戴德拉和湯姆夫婦，建議大家組隊一起進入森林抓魔怪，幾個人全都表示同意，持反對意見的只有狄波拉，不過由於關心自己的丈夫，狄波拉最終也同意加入進來。他們早上七點多就進入樹林了。

「他們走了！」托尼笑着看看大家，「我們怎麼辦呢？」

「能怎麼辦？」湯姆扭扭脖子，「繼續抓魔怪，我就知道你不會聽他們的！」

「我看到他們向北走了。我們走另外一邊的樹林，和他們同向前進，不能再被他們看見。」戴德拉指指路右邊的樹林，「這下好了，我們有方向了。」

「什麼方向？你説什麼？」愛麗絲不解地問。

「你看，我們在這裏轉了幾個小時了，什麼都找不到。」戴德拉指指北面，「他們是專業魔法師，電視上説魔法師可是有探測魔怪的儀器的，他們的方向一定就是魔怪所在的方向，我們只要跟在後面，就能找到魔怪。」

「哇，對呀。」愛麗絲很興奮地説。

「當然！」戴德拉很得意，「我經常收看《魔怪偵緝檔案》的。」

「老公，你真聰明。」狄波拉看到戴德拉出了風頭，忍不住誇讚起來。

「我、我也是這樣想的，我從小就看偵探故事……」托尼連忙對大家説。

「你？」狄波拉看看托尼，「哼，連名字都分不清……」

「快走吧。」湯姆有些着急地説，「再不走他們抓到魔怪就沒我們的事了，我還要報仇呢！」

「啊，就是！」戴德拉說着就向山路右邊的樹林走去，「走這邊，不要再被博士發現。」

「我說，要是博士他們先發現魔怪怎麼辦？他們現在在前面。」狄波拉緊跟着戴德拉問。

「沒關係，他們大戰起來，我們上去幫忙。」戴德拉邊走邊說，「最後也能上電視，也能當英雄。」

「他們幫我們的忙才對。」湯姆插話說，「實話告訴你們，只要我一槍命中魔怪，它就完蛋了，主宰這場大戰的是我們……確切地說是我——湯姆！」

「你說什麼呢？」托尼不解地問。

「出發前我把子彈放在狗尿裏泡過了，我在樹邊發現的狗尿。」湯姆得意洋洋地說，「我看過一本書，只要魔怪中了被狗尿泡過的子彈，當場就完蛋！」

「湯姆！」戴德拉叫了起來，「你把我的子彈泡了狗尿？那槍和子彈是我祖父留下來的，他可是位爵士，你居然……氣死我了！」

「愛麗絲，管管你的老公！」狄波拉也生氣地對愛麗絲說。

「湯姆！你怎麼能這樣？」愛麗絲瞪着湯姆，忽然，她翻翻眼睛，「我聽說泡在馬尿裏效果更佳……」

戴德拉夫婦聽到這話，差點暈過去，托尼站出來埋怨了湯姆夫婦幾句。湯姆夫婦這才連説對不起。戴德拉夫婦也沒辦法，戴德拉甚至暗想，湯姆的辦法也許有效。

他們在樹林裏穿行着，由於剛生了點氣，戴德拉夫婦沒怎麼説話，湯姆夫婦也有點不好意思説話，只有托尼在那裏滔滔不絕地説着。

「……嗨，知道嗎？我從小就是個當偵探的人才，我五歲就幫鄰居温蒂太太破獲過衣櫥癩蛤蟆案件，温蒂太太一開衣櫥門，一隻癩蛤蟆跳了出來，她當場就暈了過去。」托尼眉飛色舞地説，「直到現在，温蒂太太看見青蛙都會覺得不舒服……」

「結果是她五歲的兒子放進去的。」愛麗絲漫不經心地説。

「哇，真是這樣，你怎麼知道的？」托尼驚奇地説。

「因為都是這樣的。」愛麗絲不屑地説。

「哇，湯姆，你真聰明。」托尼誇讚起來。

「謝謝。」愛麗絲看看托尼，又看看丈夫，「湯姆，你確實聰明，什麼都沒説就被誇獎……」

「噢，是愛麗絲。」托尼知道自己又叫錯了名字，「對不起，對不起。」

「托尼，你一直想當偵探，後來怎麼當了廚師了？」狄波拉問。

「這個嘛……問題比較複雜……」托尼眨眨眼，「十五歲後，我忽然對食物……你們知道的，我對食物……產生了極大的興趣……」

「是你的胃吧？」戴德拉大聲地說。

「哈——」人們都大笑起來。

托尼低下頭，不好意思地也笑了起來。

他們繼續向前，樹林裏顯得很昏暗，也很潮濕，他們的腳踩在斷枝上，發出「唪唪」的聲音。由於都比較胖，又走了很長時間的路，大家都有些累了。

「湯……愛麗絲，」托尼叫對了一個名字，他又看看狄波拉，「戴德……狄波拉，你們拿着滅火器很累吧？我來幫你們扛吧？」

「還可以！」愛麗絲說，「這是小型的，不重。」

「我可沒力氣了。」狄波拉抱怨起來，「我說魔怪沒那麼好對付，現在連找都找不到，我們休息一會吧？」

「好，休息一會。」托尼說着擦擦汗，「真累呀。」

托尼話音未落，其他四個人已經坐在地上，他們都很累了。湯姆和戴德拉索性躺在地上，愛麗絲和狄波拉靠在樹上。狄波拉稍微休息了一會，又開始了抱怨，五個人裏只有她不是很想來。

「好啦，夠了！」戴德拉打斷妻子的話，「《魔怪偵緝檔案》裏說了，找魔怪可不是一件容易的事，要是很容易，人人都當英雄了，要當英雄就要有付出。」

「是的！」托尼跟着說，「當英雄當偵探都不容易。」

「是不是博士已經抓到魔怪了？」湯姆忽然想起了什麼，「要是那樣，我們再怎麼尋找也沒用，他是個大偵探，是我們強而有力的競爭對手。」

「不會！」戴德拉說，「要是他發現了魔怪，早就打起來了，我們應該能聽到，魔怪可不是小蟲子，一抓就能抓到。」

「有道理！」湯姆說，「戴德拉，我覺得我們這些人裏你最聰明。」

「那當然，我總是看《魔怪偵緝檔案》。」戴德拉又得意起來。

「我、我也是這樣想的，就是沒說出來。」托尼連忙表白。

「你？」湯姆翻翻眼睛，他突然一指自己，「我叫什麼？」

「愛麗絲。」

「嗯，很好。」湯姆大聲地説。

「哈哈哈……」靠着樹的愛麗絲大笑起來，忽然，她似乎有些緊張，「湯姆，你看那邊的樹，好像動了幾下。」

「被風吹的！」湯姆還躺在那裏。

「好像不是呀。」愛麗絲更加緊張了，「別的樹都沒有動呀，哇——魔怪——」

第九章　人魔大戰

只見不遠處的樹後，蠍子魔怪揮着大鉗子站了出來。愛麗絲的喊聲驚醒了大家，他們全都爬起來，各持武器，並且全都不約而同地開始顫抖。

「怎、怎、怎麼辦呀？」愛麗絲和狄波拉一起問。

沒人回答她倆，愛麗絲看看托尼。

「問你呢？隊長！」

「我？」托尼握着棒球棍，「戴德拉，湯姆，你、你倆誰現在接手我的位置，我、我沒意見。」

「我倆覺得你最合適，」湯姆顫巍巍地説，「對吧？戴德拉。」

「沒錯！」戴德拉看着步步逼近的蠍子魔怪，不由自主地後退了兩步。

「我……」托尼忽然咬了咬牙，「好，來吧！大家準備戰鬥！」

蠍子魔怪看見這幾個人見到自己都不跑，有些詫異，它放緩了步伐，慢慢走到距離大家不到十米的地方站住，好奇地打量着這幾個人。

「蜈蚣——你快投降——」托尼説着鼓起勇氣，向前跨了一步，指着魔怪喊道。

「蜈蚣？」蠍子魔怪很是奇怪地看看身邊，「哪裏有蜈蚣呀？」

「啊，不對。」托尼眨眨眼，又一指魔怪，「說你呢，蜘蛛！」

「蜘蛛？」蠍子魔怪又愣住了，「哪裏有蜘蛛？」

「噢，是蠍子。」托尼終於叫對了名字，「蠍子，快投降……」

「別跟他廢話了，敢吸我的血，去死！」湯姆舉起槍，對着蠍子魔怪就開了一槍。

子彈飛出去，正中蠍子魔怪的身體，不過射中魔怪的子彈立即被彈開，蠍子魔怪只是身體稍微一晃，沒受什麼影響。

湯姆驚呆了，戴德拉舉着槍的手顫得更厲害了。

「一個亂喊亂叫！」蠍子魔怪扭扭頭，「一個對着我開槍，哼哼……」

「還看着幹什麼？」托尼沒等他説完話，用棒球棍指着面前的魔怪，「攻擊！」

「啪——啪——啪——」，戴德拉聽到托尼下令，連開三槍，湯姆也舉槍開了兩槍，由於距離不足十米，子彈全都射中了蠍子魔怪，但是蠍子魔怪的身體每次中彈都只是輕微地抖一下，子彈則全被彈開。

「湯姆，我明白了。」愛麗絲小聲説，「看來泡了狗尿的子彈不行……」

「那、那怎麼辦？」湯姆説着後退幾步，他開始感到真正的恐懼了。

「現在也找不到馬尿呀……」愛麗絲顫顫巍巍地説。

不止是湯姆感到恐懼，托尼他們都一樣，他們不由自主地向後退着。

「隊長，我們怎麼辦？」狄波拉一邊退一邊問。

「我們……」托尼一時也不知所措，他以為被槍射中的魔怪怎麼也會受點傷。

「你們不攻擊了？」蠍子魔怪輕蔑地笑了一聲。隨後它身體一晃，「嗖」地一聲，用了不到一秒鐘的時間，轉眼就出現在他們幾個人的身後。

托尼他們剛開始還以為魔怪消失了，忽然發現魔怪出現在身後，他們慌忙轉過身體，面對着魔怪，雙腿都往後退了幾步。

「你們是魔法學院的學生？」蠍子魔怪好像很好奇，「不像呀，你們這個年紀，一點法術都不會嗎？」

「我們都是普通人，」托尼勉強擠出一絲笑容，「不會魔法。」

「噢，不會魔法！」蠍子魔怪揚揚腦袋，「這麼説膽子真夠大的……專門來抓我嗎？」

「啊，是，啊，不是。」托尼連忙説，「蜈蚣先生，我想這是一個……誤會……」

「我長得很像蜈蚣嗎？」

「啊，是蜘蛛，不，是螳螂……草蜢……」

「夠了！」蠍子魔怪大聲喝道。

「啪——」的一槍，湯姆趁蠍子魔怪和托尼説話的時候，悄悄移動到魔怪側面，距離魔怪不到三米，他忽然舉槍就射，這個距離比剛才更近，湯姆覺得這槍能射穿魔怪的身體。

子彈命中了魔怪的身體，但依舊像射在鋼鐵上，當即被彈飛。湯姆慌了，他還想開第二槍，只見魔怪抖抖身子，像什麼都沒有發生過，它轉過頭，死死地盯着舉着槍但不知所措的湯姆。

「啊，不好意思，走火了。」湯姆忘了放下槍，他繼續瞄準着魔怪，「我下次一定注意。」

「瞄準了我後『走火』？你是不是還準備再次『走火』呀？」蠍子魔怪把頭探向湯姆，湯姆慌忙放下槍，嚇得又後退兩步，「你當我是傻瓜嗎？」

「聽我説，蜈蚣……蠍子……先生，你不傻，我們呢……也不傻……」托尼的手背在身後，隱蔽着做了幾個手勢，他忽然轉身，呼喚大家，「跑吧……」

看到托尼下令逃命，湯姆他們轉身就跑，狄波拉和愛麗絲把滅火器都扔了。

看到他們逃跑，蠍子魔怪不慌不忙的，他站在那裏笑了兩聲，隨後怪叫一聲，飛速地奔過去，它的鉗子伸出來，當即就按住了湯姆。

「啊呀——救命——」湯姆大喊起來。

「啊？湯姆？」愛麗絲聽到丈夫的喊聲，停下腳步，她轉身看到湯姆被按住，急了，「湯姆——」

愛麗絲衝過去，她撿起剛剛扔掉的滅火器，拔掉保險拴，對着蠍子魔怪就猛烈噴射，白色的滅火泡沫暫時籠罩住了蠍子魔怪。

狄波拉也聽到了湯姆的喊聲，她看到愛麗絲衝上去，也撿起滅火器，對着蠍子魔怪猛烈噴射。

「啪——啪——」戴德拉站在妻子身邊，對着蠍子魔怪連開兩槍。

「啊——啊——」蠍子魔怪從來沒有被滅火泡沫攻擊過，它感覺到呼吸有些困難，什麼都看不見，鉗子一鬆，

放開了湯姆。

湯姆馬上爬起來逃命，愛麗絲、戴德拉夫婦都看到湯姆逃脱了，於是扔掉滅火器，一起跟着跑。

跑了兩步，戴德拉發現身邊少了誰，隨即托尼的聲音從後面傳來，剛才混亂中他躲在了一棵樹後。

「你竟敢抓我的隊員——」托尼站在蠍子魔怪身邊，掄起棒球棍猛擊魔怪，「我砸死你這蜈蚣，砸死你這蜘蛛，砸死你這螳螂……」

「去！」蠍子魔怪的鉗子一抬，托尼的棒球棍當即飛出十幾米遠，托尼也被巨大的力量推出去幾米，摔倒在地。

「托尼——」湯姆驚叫起來。

蠍子魔怪顯得非常生氣，它一步就跨過去，兩隻鉗子按住了還沒有爬起來的托尼，尾部的毒刺高高舉起。

「啊——」愛麗絲和狄波拉一起驚叫起來。

蠍子的毒刺用力甩下，當即就刺中了托尼的後背，托尼慘叫一聲，血從他的後背噴了出來，蠍子魔怪沒有放毒，看到鮮血，它貪婪地低下頭，用嘴猛吸幾口。

「啊——啊——」托尼痛苦地喊叫着，他忽然看見那幾個驚呆了的同伴，連連揮手，「你們快跑——快跑呀——」

「不能跑，我們要去救他！」湯姆説完大吼一聲，第一個衝了上去，「和它拼了——」

「對，要救這個總是叫錯名字的傢伙。」戴德拉看看狄波拉，舉着槍衝了上去。

狄波拉和愛麗絲跟着衝了上去，那邊，湯姆的槍早就丟了，他撿起來一塊大石頭，用力地砸向魔怪，不過石頭太重，沒砸到魔怪，落在托尼身邊，差點砸中托尼。湯姆又撿起一塊石頭。

「愛麗絲——你看準點呀——」托尼有氣無力地叫道，「差點砸到我——」

「拼啦——」湯姆身後，戴德拉夫婦和愛麗絲全都衝了上來。

「哈哈哈哈——」蠍子魔怪高興地狂笑，「全都送上來了，太好了——」

蠍子魔怪的尾部高高舉起，毒刺的尖尖對準了衝上來救援的四個人，隨後一甩，一股毒液噴射出來。這些毒液只要射中這幾個人，他們全都會中毒而死。

「拼啦——」湯姆看到有液體射過來，不過他不知道這是什麼，舉着石頭毫不理會地往前衝。

「噹」的一聲，湯姆迎面撞上了什麼，他被重重地彈了回去。隨後而來的戴德拉夫婦和愛麗絲隨即也撞了上來，然後被彈了回去。

「嗞——嗞——」的幾聲，幾股白色的煙霧在空中升起。

四個人全倒在地上，非常吃驚地望着眼前發生的一幕。

「嗖——嗖——」，兩個身影從天而降，飛快地落在蠍子魔怪身邊，他們正是海倫和本傑明，兩人一個從左一個從右一起出拳砸向蠍子魔怪，蠍子魔怪突遭襲擊，連忙揮起鉗子擋住來襲的鐵拳。

蠍子魔怪的鉗子剛剛鬆開，又一個身影飛奔過去，這人正是博士，他快速地拖走托尼，托尼臉色發青，已經處於半昏迷狀態了。

博士把他拖到湯姆身邊，隨後扔給湯姆一瓶急救水，又衝上去和魔怪交戰了。

「給他喝四分之一的劑量。」保羅不知道從哪裏冒了出來，他走到湯姆身邊，「然後快打急救電話，把他送到醫院去。」

湯姆答應着，連忙給托尼喝下一些急救水。

「馬上打急救電話。」保羅在一邊催促着，「你們也要一起離開，這裏交給我們……」

第十章　魔怪無法合體

博士他們剛才進入樹林後，一直向北行進，他們仔細地搜索着，但沒有發現魔怪蹤跡，他們來到魔法師發現蠍子魔怪活動的地方，同樣也沒發現什麼，和山頂上那個魔法師聯繫，魔法師説蠍子魔怪應該是走到其他什麼地方去，但不會走得很遠，也沒有穿過警戒線逃走。

在這樣小的範圍內找不到魔怪，博士他們感到很奇怪，正在這時，兩公里外忽然傳來槍聲，他們頓時明白了什麼，連忙向槍聲傳來的地方趕去。距離那裏還有五百米的時候，保羅率先探測到強烈的魔怪反應，他們完全判定了蠍子魔怪的方位，這時，按照計劃，萊頓開始地遁而行，並和博士他們保持着一定距離。

博士他們趕到的時候，蠍子魔怪按着托尼，毒刺正向湯姆他們噴出毒液，距離幾十米的博士連忙拋出一堵無影鋼鐵牆，攔在湯姆他們面前，擋住他們的去路，也擋住了蠍子魔怪噴出的毒液，不過那面鋼鐵牆基本上報廢了。

博士吩咐海倫和本傑明從側面出拳攻擊蠍子魔怪，自己正面迎上，救走了托尼。蠍子魔怪本想抓住托尼吸血，它也分不出身來抓另外幾個，沒想到那幾個人又回來救同伴了，它連忙噴毒液，覺得能吸好幾個人的血了，沒想到噴出的毒液被阻擋，海倫和本傑明飛身過來攻擊自己，它甩開鉗子交戰的時候，博士又救走了托尼，蠍子魔怪惱羞成怒，它掄開鉗子，狠命地砸向博士他們，看到托尼被救走，海倫和本傑明雙雙後退了幾步，博士也暫停了攻擊。

不遠處，湯姆和戴德拉架起受重傷的托尼，向樹林外跑去，保羅給他們指引路後，來到了博士身邊，他的導彈發射架早就從身體裏彈了出來，四枚導彈全都對準了蠍子魔怪。

蠍子魔怪氣呼呼地也暫停了攻擊，它瞪着眼睛，看着眼前的魔法偵探們，這些人它當然記得。

「你們又來了！」蠍子魔怪忽然惡狠狠地看看博士，「昨天中了我的毒，你還沒死嗎？」

「想我們死，沒那麼容易。」本傑明指着蠍子魔怪，「今天我們來要你的命！」

「那就來呀！」蠍子魔怪高高地舉起兩個大鉗子，「你們誰先來，一起來也可以！」

「啊——」本傑明大喊一聲，飛起來七八米，居高臨下一腳踢向蠍子魔怪。

蠍子魔怪用鉗子一甩，擋開了本傑明的飛腳，本傑明落地後就地一滾，翻身站起，隨後猛撲上去，揮拳就打。

蠍子魔怪輕鬆地擋開本傑明的拳頭，另一個鉗子重重地砸向本傑明，本傑明用雙手去擋，只聽「哢」的一聲，本傑明被砸得倒退幾步，摔在地上。

「嗨——」，看到本傑明倒地，海倫飛速衝上去，她一拳砸向蠍子魔怪，那傢伙用鉗子一擋，海倫沒有和它硬碰，向後退了幾步，她收回右手的拳頭，左手忽然一揮。「凝固氣流彈！」

一枚氣流彈在非常隱蔽的狀態下被海倫拋出，直射蠍子魔怪的面部，蠍子魔怪頭一閃，氣流彈正中它翹起的尾部，「轟」的一聲，氣流彈爆炸了，蠍子魔怪的身體一震，海倫射中魔怪，一開始還很高興，但猛地發現氣流彈的彈片近距離射在魔怪身體上，全部被彈開，一股白色煙霧過後，魔怪重新站立起來。

「哼！」海倫叫了一聲，她知道蠍子魔怪的外殼是一層很好的鎧甲，但是沒想到這層鎧甲如此堅硬。正如保羅所說，只有威力巨大的追妖導彈射出，它才加一層防護罩保護自己。

蠍子魔怪搖了搖尾巴，樣子很得意。

「下一個該主將出馬了！」蠍子魔怪看看博士，「手下敗將，看你還有什麼招數。」

博士也不說話，他一抬手，一道橘紅色的射線直奔蠍子魔怪的頭部。蠍子魔怪看見射線來襲，頓時不見了笑容，它一低頭，那道射線從它的身體上飛過去，射在一棵樹的樹幹上，那棵樹的樹幹立即被射穿，出現了一個圓洞，圓洞還冒着白煙。蠍子魔怪看看那個圓洞，冷笑一聲。

「嗨——」博士又射出一股射線。

蠍子魔怪似乎感應出射線的威力，這次它根本就不躲避，兩個鉗子一揮，同時舉起並迎擊出去，它吼了一聲，兩個鉗子的前端出現了一股藍色的氣團，那氣團像是一股帶電的透明雲層，不時發散着藍色的閃光，這股氣團正面攔截住射線，射線隨即被氣團吸收了進去。

博士顯得非常吃驚，他一副舉足無措的樣子，還看了看兩個小助手。

海倫和本傑明退到博士身邊，保羅則站在博士前面，導彈發射架對着蠍子魔怪。

「還有什麼手段？」蠍子魔怪那得意的笑容回到臉

上，它向前走了兩步，「都用出來吧！」

幾個人都不禁後退一步，保羅知道自己即便這時射出導彈也會被魔怪的防護罩擋住。

「都沒招數了，那我來了——」蠍子魔怪説着高高舉起尾部，毒刺的尖尖對着魔法偵探們，隨即噴出一股毒液。

「小心——」博士説着一甩手，「無影鋼鐵牆——」

一堵鋼鐵牆出現在大家面前，魔怪噴出的毒液射在上面，當即把鋼鐵牆穿了一個洞，魔怪步步緊逼，同時又射出兩股毒液。兩股毒液就射在鋼鐵牆被射穿的洞附近，鋼鐵牆上迅速出現了一個將近一米的大洞，博士的這堵鋼鐵牆完全報廢了。

「無影鋼鐵牆——」海倫唸出一句口訣，一堵新的鋼鐵牆出現。

「無影鋼鐵牆——」本傑明也唸出一句口訣，他的鋼鐵牆飛到海倫的牆前面，兩堵厚重的鋼鐵牆將魔法偵探們保護起來。

大家躲在鋼鐵牆後面，不時探出身子射出氣流彈，蠍子魔怪也不躲避，它快速向前，尾部的毒刺對準鋼鐵牆，猛地射出三股毒液，它的毒液好像永遠也用不完。

蠍子魔怪射出的第一股毒液射穿了第一堵牆；第二股毒液穿過被射透的洞，擊中了第二堵牆，那堵牆發出「嗞」的一聲，煙霧升起，一個圓洞立即露了出來；第三股毒液穿過被射透的兩堵牆，直撲後面的魔法偵探，那個位置站着的正好是海倫，博士急忙拉了海倫一把，海倫閃開，毒液落在地上，氣泡翻騰起來。

「啊——博士——怎麼辦——」本傑明急得大喊起來，「保羅——射導彈——」

「距離太近！」保羅着急地喊道，「不可以。」

「撤——撤——」博士説着掉頭就跑。

本傑明跟着轉身就跑，他慌不擇路，一腳踩在一個路面上的坑中，摔倒在地，博士急忙把他拉起來。

海倫向蠍子魔怪甩出一枚氣流彈掩護撤退，隨即也跟着後撤。

「哈哈哈哈哈——」蠍子魔怪太得意了，它高高揚起尾巴，向前追去，「手下敗將，這次我不會放過你們的——」

蠍子魔怪向前跑了兩步，它抬起尾巴，瞄準了最後的海倫，想射出毒液，忽然，它感覺尾巴一沉，怎麼也抬不起來了。

「嗯？」蠍子魔怪一愣，它感到有誰抓住了自己的尾巴，就像上次本傑明抱着自己的尾巴一樣，它向前看了看，開始數數，「一、二、三、還有小狗，都在呀……」

蠍子魔怪眼見博士、海倫、本傑明以及保羅這幾個上次和自己交手的人都在，不可能是他們抱着自己的尾巴。蠍子魔怪知道有另外的人抓住自己的尾巴，這時看到博士他們已經停下腳步，轉身向自己這邊跑來。

蠍子魔怪感覺自己上當了，剛才它只顧着和博士他們交手，沒有留意有誰迂迴到自己身後，現在它想抬起尾巴噴射毒液已經不可能了，兩個鉗子向後抓去，但是怎麼也抓不着抱着自己尾巴的人。

「揍他——揍他——」抱着蠍子魔怪的正是萊頓，魔怪用力地甩動尾巴，想把萊頓搖晃下來，萊頓死死地不鬆手，還高聲呼喊博士他們攻擊魔怪。

「啊——」蠍子魔怪甩不開萊頓，它急了，就地一滾，尾巴劇烈地扭動，它想用這招把萊頓甩下來。

萊頓依舊牢牢地抱着魔怪的尾巴，無論魔怪怎麼翻滾，就是不鬆手。

「嗨——」海倫第一個衝了上來，對着蠍子魔怪就是一掌。

「啊——」蠍子魔怪慘叫一聲，它被擊中了頭部，這傢伙翻身擺正身子，揮着鉗子擋住了海倫的第二次攻擊。

海倫還沒有退下，博士衝到了魔怪面前，他一拳砸向魔怪，魔怪連忙躲閃，它的肩部被重重地砸中，又慘叫一聲。

「嗨——」本傑明從側面進攻魔怪，上去就是一腳，保羅衝到另外一邊，對着魔怪的前肢一口咬去。

蠍子魔怪被打得眼冒金星，不但如此，它被束縛住尾巴，施展不開手腳，這傢伙用力就地一滾，滾到了一邊。

博士他們又衝了上來，蠍子魔怪沒等他們攻擊，猛地抬起前身。

「斷尾保命——」

它的喊聲剛落，只見前身和後尾部立即斷為兩截，一些液體從斷裂處流了出來。萊頓抱着那條斷尾滾落在地上，他沒有鬆手，依舊死死地抱着那條斷尾。

蠍子魔怪其實非常疼痛，但它顧不得這些，轉身用鉗子去刺萊頓，萊頓看到魔怪來襲，就地一滾，抱着斷尾滾到一邊，博士飛身過來擋住魔怪。

「擋不住我的形，也擋不住蠍尾的形。」萊頓默唸口訣，「入地五百米。」

「嗖」的一下，抱着斷尾的萊頓轉眼間就進入到地下，不見了蹤影，蠍子魔怪大吃一驚，同時感到了絕望，因為它接下來想要實施的合體無法完成了，萊頓是默唸口訣，具體去了哪裏，深度有多少，它一無所知。

博士攔住魔怪後出拳就打，蠍子魔怪慌忙招架着，往後退了兩步，忽然它覺得腰間一陣疼痛，原來海倫一腳踢中了它，蠍子魔怪向前撲倒在地，它連忙來了一個側翻，重新站立起來。

博士他們將魔怪團團包圍，蠍子魔怪剛剛站定身子，眼睛卻總是盯着萊頓入地的地方，那個地方此時站着的是本傑明，它突然大吼一聲，像瘋了一樣，將兩個鉗子掄起來，帶着風聲就砸向本傑明，本傑明擋不住這樣瘋狂的進攻，被它推開，蠍子魔怪唸了一句入地口訣，就向地下鑽去。

「無影鋼板鋪地——」博士看到它衝向本傑明，就明白它的意思，他早有準備，就在蠍子魔怪推開本傑明之時，唸出一句口訣。一股白霧飛向萊頓入地處，並形成一大片透明的膜狀物。

「噹——」的一聲，蠍子魔怪重重地撞到了鋼鐵地板上，身體被彈起來一米多。它滾落在一邊，還不死心，嘴裏又唸了一句入地口訣，但是怎麼也無法入地，它的身下依然是鋼鐵地板。

蠍子魔怪急了，它看到海倫衝上來攻擊自己，揮動鉗子擋開了攻擊，它高高地立起身體。

「合體——合體——」

蠍子魔怪對着地下高喊着，呼喚着自己的斷尾，但是這種呼喚完全是盲目的，萊頓抱着它的尾巴，已經下到魔怪的咒語無法控制的地底深處。

「合體——回來——合體——」蠍子魔怪似乎也明白這一點，但是它哪裏甘心，依舊瘋狂地大喊着。

海倫和本傑明還想上前攻擊，博士搖搖手，他們在距離魔怪幾米遠的地方停下，看着呼喚着自己身體的魔怪。

蠍子魔怪又喊了幾聲，它似乎失去了氣力，身體忽然趴在地上，大口地喘着粗氣，鼻子裏也不斷地有氣噴出來，眼睛則死死地瞪着魔法偵探們。

「你、你、你們——」蠍子魔怪此時能發力的似乎只有眼睛了，它雙目噴射出來的怒火大家都能感覺到。

「投降吧！」博士也瞪着蠍子魔怪。

「你們用陰謀算計我！」蠍子魔怪似乎明白了什麼，它怒氣沖沖。

「快投降吧！」本傑明不理它，大聲喝道。

「不！」蠍子魔怪微微抬了抬身子，吼道。

「那就看看你還有什麼本事！」本傑明説着就衝上去，揮拳就打。

蠍子魔怪急忙招架，它擋住本傑明的拳頭，同時揮動一隻鉗子砸向本傑明，海倫此時也衝了上來，伸手擋住那隻鉗子。此時他倆都能明顯感覺到，蠍子魔怪的氣力幾乎減輕了一半，它身體的斷裂處還有一些液體流出，但是沒有剛才那麼多了。

魔怪氣喘吁吁地揮着鉗子，它的身體被重擊幾下，嚎叫了幾聲，舞動鉗子的力道越來越小，最後無力地趴在地上。海倫和本傑明收了手，站在它面前，看着基本上喪失抵抗力的魔怪。

失去抵抗能力的魔怪只能大口地喘氣，它眼睛裏冒出的怒火變成了一種無奈，它似乎連抬起身子的力氣都沒有了。

「一切都結束了！」博士看着魔怪，説道，「海倫，本傑明，把它綑起來吧。」

海倫和本傑明拿出各自的綑妖繩，海倫用繩子將蠍子魔怪的兩隻鉗子綑在一起，本傑明則走到魔怪的身後，先是看看它那身體斷裂處，隨後用繩子將那個傷口牢牢地綑在一起，被封閉起來的傷口再也沒有液體流出來了。

蠍子魔怪完全沒有了氣力，它躺在地上，呼吸忽然變得微弱起來。

博士走到萊頓入地的地方，伸出一個手指，對準地面。

「入地五百米，破開。」

隨着他的口訣，三個氣泡狀的小圓球排成一行鑽入地下。博士站在那裏，看着地面。過了半分鐘，只見萊頓慢慢地探出頭來。剛才那三個氣泡入地五百米後破開，震動了三次，這是萊頓和博士約好浮出地面的信號。

「出來吧，抓到它了。」博士指指被綑綁住的魔怪。

「好的。」萊頓説着飛出地面，他還抱着那截斷尾。

第十一章　威爾斯魔蝎

一切都是計劃好的，包括博士交戰時的逃走和本傑明的「摔倒」，都是演戲給魔怪看。博士知道魔怪很厲害，也很狡猾，同時他也受到本傑明上次抱着魔怪尾巴的啟發，於是設計了一套擒拿魔怪的辦法。他叫萊頓一發現魔怪就用地遁的方式隱蔽在自己身後，隨後帶着幾個小助手上前交戰，魔怪看到上次交戰的幾個人都在，放鬆了戒備。在和魔怪交戰時，他們還特別注意不能敗得太快，否則狡猾的魔怪會產生懷疑，不利於萊頓的出擊。

一切都在博士的掌控之中，魔怪以為擊敗了對手，非常得意，這個時候是它最放鬆的時候，一點戒備都沒有。萊頓從地下移動到它的後面，抱住了它的尾巴，這傢伙最後只能採取斷尾措施，這是計劃中最為關鍵的，萊頓見它斷尾，按照事先預定，立即入地五百米，地面上，博士他們很快就制服了失去主要戰鬥能力的蠍子魔怪。

「抱着這麼個臭烘烘的東西，真是不舒服。」萊頓回到地面上，抱怨着把斷尾扔在地上。

斷尾掉在地上，微微地扭曲着，裏面還有少量液體流出。

「教授，我們也不容易。」本傑明笑着對萊頓説，「剛才它的毒液差點就噴到我了。」

「下次還有這樣的機會，你來扮演我這個角色，」萊頓繼續抱怨着，「我在地面上……」

「別有下次了。」博士説着用一根綑妖繩將那截斷尾的斷裂處緊緊綑住。

蠍子魔怪本來是閉着眼的，聽到萊頓他們的對話，它睜眼看看萊頓，猛地看見自己的那截斷尾，它頓時非常興奮。

「合體——合體——合體——」蠍子魔怪連唸三聲口訣，並用力扭動着身體。

那截斷尾絲毫沒有反應，由於兩處斷裂的地方都被綑妖繩綑住，它的口訣沒有一點作用。

「合體——回來——」蠍子魔怪繼續喊着，儘管無望，但還不想放棄。

「累不累？」保羅站在魔怪前面，大聲問道，「算啦，不用浪費氣力了。」

蠍子魔怪瞪了保羅一眼，看看真的無望，整個身體再一次癱在地上，同時又開始大口地喘着粗氣。

博士踢了踢那截斷尾，隨後俯下身，他用手指小心地觸碰毒刺的尖尖。那根毒刺長長的，頭部堅硬，頂端有四個極小的圓洞，毒液就是從裏面噴出來的。

「威爾斯魔蠍！」萊頓在一邊説，「我剛才在地下觀察過了，威爾斯是它的出生地。」

「威爾斯？」本傑明問。

「對呀！」萊頓說，「只有威爾斯魔蠍的毒刺上才會有四個噴射毒液的小孔，其他地方的都只有一個或兩個，這是一個重要的區別方式……你這個本傑明，你才畢業幾天呀？我記得教過你們的，全忘了？」

「嘿嘿嘿……」本傑明抓抓腦袋，笑了起來。

「威爾斯魔蠍！」博士站起來，扭頭看了看那隻魔怪，喃喃地說。

剛才的戰場完全恢復了平靜，一切都像是從來沒有發生過一樣，樹林裏又有了小鳥的鳴叫聲。海倫和本傑明來到蠍子魔怪身邊，抓住這個難得的機會觀察着魔怪。

博士也走到魔怪身邊，魔怪閉着眼睛，氣息平緩下來，博士伸手拍拍魔怪。

「你從威爾斯來的？」

魔怪當然聽到了博士的問話，但是它一動不動，根本就不理睬博士。

「喂，問你話呢！」本傑明大叫着，上去就是一拳。

博士連忙攔住本傑明。

「你到這裏多久了？」博士又問，「你常駐在那個山洞裏？」

魔怪依舊不理不睬，一言不發。

「哼，還這麼猖狂！」本傑明咬咬牙，怒視着魔怪，「問你來這裏多久了，聽見了嗎？真是狂妄，連牛津郡都敢來，不知道牛津大學就在牛津市嗎？真是找死……」

「什麼牛津？」魔怪突然睜開眼，它望着本傑明，「這裏叫威特尼鎮……」

「往東不到二十公里就是牛津大學，全球最好的魔法系就在這所大學裏！」本傑明大聲說，「我就是這所大學的畢業生……」

「喂，和一隻魔怪就沒必要這麼誇自己吧？」海倫碰碰本傑明。

本傑明不好意思地笑了。

「灌木叢裏的鈴鐺是你掛上去的吧？」海倫問道，「鈴鐺哪裏來的？」

「狗脖子上拿下來的。」魔怪小聲地說。

「你可真夠狡猾！」海倫高聲說。

「你好像戰勝過很多的魔法師？」博士看到魔怪終於回答了一個問題，連忙問。

魔怪又沒了反應，它閉上了眼，趴在那裏，一動不動。

「你一共害過多少人？」博士大聲問道，「喂——」

蠍子魔怪微微睜開眼，看看博士，隨後搖搖頭，它的意思很明白，它不想回答博士提出的問題。

博士看出了蠍子魔怪那拒絕的眼神，不再說話了，本傑明則上前用力搖晃着魔怪。

「我們問你呢，你傷害過多少人？」

本傑明重複着博士的問題，博士拉住了他。蠍子魔怪趴在那裏，看上去很平靜，它的雙眼緊緊地閉着，再也沒有睜開過。

「真是頑固！」本傑明憤憤地說。

就在這時，蠍子魔怪渾身抽搐了幾下，臉色也變得極為難看。

「最多再過十分鐘，它就死了。」萊頓看看手錶。

「啊？」本傑明有些吃驚。

「這種魔怪斷體後不能在半小時內合體就會這樣，」博士解釋道，「所以它不到萬不得已不用這一招。」

「那就等着吧！」本傑明說，「死了以後把它吸進裝魔瓶……」

「不要！」萊頓忽然叫道，他走近博士，「南森，把這傢伙送給我吧，我要把它製成標本，這可是魔怪識別課上最好的標本呀。」

「也好！」博士點點頭，「送給你了。」

「謝謝！」萊頓很高興，他轉身對本傑明擠擠眼，「你的學弟學妹們會很高興的，不過不是一條完整的，我還要把它拼起來。」

博士伸手摸了摸瀕死的蠍子魔怪，發現它基本已經停止了呼吸，又過了一會，蠍子魔怪徹底死去，它再也不能害人了。

「老伙計，詳細測量它的一切數值。」博士看看保羅，「越詳盡越好。」

「沒問題。」保羅連忙說。

「回去以後根據資料查找歷史資料。」博士看看大家，「它是威爾斯魔蠍，這種魔怪也不常見，如果年代不是很長，應該能找到它以前的活動情況。」

不遠處的山上，四個魔法師已經得到萊頓的通知，知道抓到了魔怪，正在趕來。蠍子魔怪最終慢慢死去，魔法師們幫着萊頓將它運回牛津大學，製成一個標本。

兩天後，在掌握了蠍子魔怪的所有資訊後，集中精力查閱威爾斯魔界歷史檔案的博士他們，有了重大發現。他們抓獲的蠍子魔怪名叫「庫伊」，八百多年前曾被詳細記錄過。檔案顯示，原本是普通蠍子的庫伊當年在威爾斯的山林中被巫師抓去，本來是被用來煉製毒物的，它被泡在魔藥中等待蒸煮，但是藥罐密封不好，給它逃了出來，結果這傢伙具有了魔性，經過長年的修煉，最終成了魔怪。它成為魔怪後就去吸血害人，被發現後先後擊敗了兩批前來捕捉它的魔法師，第三次來了二十幾個魔法師，這傢伙硬是殺出重圍，它擊傷了幾名魔法師，但被打斷了兩隻鉗子，從此不見了蹤影，也再無記錄。

因為魔法師們獲得了蠍子魔怪被打斷的鉗子，當年就進行了詳細的魔怪資料記錄，保羅經過分析，已經被製成標本的蠍子魔怪就是當年的庫伊。

庫伊當年被打斷了兩隻鉗子，這次抓到的魔怪卻是完整的，而資料分析它們完全就是同一隻蠍子，對此海倫和本傑明百思不解，博士再次進行推斷，他説蠍子魔怪這些年來，應該就隱身在某處，目的是蓄養出新的鉗子，只有這樣它才能出來作怪，這兩隻鉗子是它生活乃至作戰時的重要器具，而重新長出鉗子對這隻已經變成魔怪的傢伙來説可不是一朝一夕的事，需要極為漫長的時間，這也是它八百年未顯身的唯一原因。而它這些年藏在什麼地方，還幹過什麼事，這次怎麼會來到威特尼的山林之中，就無從考證了，不過這不是最重要的，重要的是這個傢伙不能再出來害人了。

幾個小助手都非常信服博士的推斷，的確，消滅了這隻害人的魔怪才是最重要的。

尾聲

「他恢復得可真快呀。」本傑明邊走邊對海倫説，他提着一些水果。

「看來他身體不錯，大酒店的總廚嘛，吃得一定很好。」捧着鮮花的海倫説。

「沒錯，你看他那麼胖。」跟在博士身邊的保羅晃着腦袋説。

魔法偵探們這是去醫院的路上，受傷的托尼經過急救水的救助和幾天的休養，已經好了很多，現在可以讓人探視了。博士他們這次是從倫敦開車過來，專程看望托尼的。

還沒到病房門口，博士他們就聽到裏面傳出來歡笑聲，他們進了病房，看見戴德拉夫婦、湯姆夫婦全都在，托尼半躺在牀上，滿臉笑容。他們正在説笑。

「哈，你們都在呀。」本傑明一進門就高興地説。

「噢，救命恩人來了。」愛麗絲看到他們進來，也很高興，她看到了博士，「啊，大救命恩人也來了。」

「你們好呀！」博士笑着對大家打招呼，他走到托尼的病牀前，「托尼，看起來你的臉色不錯呀，嗯，恢復得很好。」

「謝謝，謝謝。」托尼連忙説，「醫生説再過兩天我就可以出院了。」

「啊，那真是不錯。」博士非常開心。

「別忘了在你的酒店請我們大吃一頓呀。」本傑明高聲説道，「我還沒去過你們的酒店呢……」

「沒問題，全都去，全都去！」托尼揮着手説，「誰要是不去我可不高興。等我身體好了，這次親自給你們下廚，把我的本事全拿出來！」

「哇，那太好了。」海倫和本傑明一起説道。

「博士先生，你不知道呀，托尼這次恢復得真是很快。」湯姆看看博士，「不但身體恢復得快，叫人名字也準確了，我們一進來，他叫對了我們所有人的名字。」

「真的嗎？」博士一驚，他瞪大眼睛看着托尼。

「那當然！」托尼指着博士，「還看不起人呢，你這個本傑明！」

「我……」博士翻翻眼睛，差點暈過去。

本傑明大笑起來，在場的人也全都笑了起來。

推理時間

麥克警長，蘇格蘭場（倫敦警察廳）高級督察，南森和警方的聯絡人，也是一名大偵探，屢破奇案。當然，他所偵辦的都是人類世界中的案件。一起來看看他偵辦過的案件，運用你的推理能力，想一想他是如何破案的呢？

鉑金戒指

倫敦一家珠寶店來了一個顧客，要店員馬上把一枚重量為7克的鉑金戒指拿給他看，誰知剛拿給他戒指，他就拿着戒指跑了，店員們沒有追上。麥克警長接到報案後，經過一番偵查，知道那人跑到另外一家珠寶店賣掉了戒指，也查到了那人的住處。

麥克警長立即帶領一隊警員趕到那人的住處，進入屋子後，發現這裏有三個年輕男子租住，關鍵是，這三個年輕男子的身高體型都差不多，而麥克警長他們得到的線索比較模糊，三個人則全部都否認自己搶了戒指。

男子甲聲稱，他是個良好市民，他是個夜間便利店的店員，搶劫案發生的時候，自己正在睡覺，根本就沒有外出。

男子乙聲稱，他雖然以前因為搶劫被捕過，但出獄後真心悔過，表現良好。他現在就有一枚5克的鉑金戒指，是父母給的。他現在是一名汽車維修工人，一直安安穩穩地過日子。

男子丙聲稱，他只是一名餐廳服務生，他甚至半開玩笑地說，鉑金價格最近一路下跌，已經跌到50鎊1克了，劫匪應該搶劫更貴的東西。

麥克聽完他們的論述，立即指出了真正的劫匪，並繳獲了贓款。

請問，誰才是劫匪？原因是什麼？

答案：男子丙是劫匪，對一般人來說，只要不是相關行業人士，都不會知道當下的黃金價格，更不要說更少見的鉑金價格了，這個男子知道鉑金價格，是因為他剛剛賣掉了那枚鉑金戒指。

魔幻偵探所 19

滴血山路（修訂版）

作　　者：關景峰
繪　　圖：陳焯嘉
策　　劃：甄艷慈
責任編輯：周詩韵
美術設計：李成宇
出　　版：新雅文化事業有限公司
香港英皇道499號北角工業大廈18樓
電話：（852）2138 7998
傳真：（852）2597 4003
網址：http://www.sunya.com.hk
電郵：marketing@sunya.com.hk
發　　行：香港聯合書刊物流有限公司
香港新界大埔汀麗路36號中華商務印刷大廈3字樓
電話：（852）2150 2100　傳真：（852）2407 3062
電郵：info@suplogistics.com.hk
印　　刷：中華商務彩色印刷有限公司
香港新界大埔汀麗路36號
版　　次：二〇一八年十二月初版

ISBN : 978-962-08-7163-4

18/F, North Point Industrial Building, 499 King's Road, Hong Kong
Published and printed in Hong Kong